SHORT CLASSICS
短经典精选

AMOUR AVANT QUE J'OUBLIE
———— Lyonel Trouillot ————

爱,趁我尚未遗忘

〔海地〕莱昂内尔·特鲁约 著 安宁 译

人民文学出版社
PEOPLE'S LITERATURE PUBLISHING HOUSE

著作权合同登记号　图字 01-2023-1234

Lyonel Trouillot
L'Amour avant que j'oublie

ⓒ ACTES SUD，2007
Simplified Chinese edition copyright ⓒ 2023 by Shanghai 99 Readers' Culture Co., Ltd.
All rights reserved.

图书在版编目(CIP)数据

爱，趁我尚未遗忘/(海地)莱昂内尔·特鲁约著；安宁译.
—北京：人民文学出版社，2023
（短经典精选）
ISBN 978-7-02-017954-1

Ⅰ.①爱… Ⅱ.①莱… ②安… Ⅲ.①中篇小说-海地-现代　Ⅳ.①I752.45

中国国家版本馆 CIP 数据核字（2023）第 067043 号

总 策 划	黄育海	
责任编辑	朱卫净　何炜宏	
封面设计	好谢翔	

出版发行	人民文学出版社
社　　址	北京市朝内大街 166 号
邮　　编	100705
印　　刷	凸版艺彩（东莞）印刷有限公司
经　　销	全国新华书店等
字　　数	88 千字
开　　本	889 毫米×1194 毫米　1/32
印　　张	5.125
插　　页	5
版　　次	2023 年 5 月北京第 1 版
印　　次	2023 年 5 月第 1 次印刷
书　　号	978-7-02-017954-1
定　　价	59.00 元

如有印装质量问题，请与本社图书销售中心调换。电话：010-65233595

献给：玛伊苔和马诺阿；萨宾娜；安娜-嘉艾尔；小团伙：罗尔夫、伊芙琳、若望、米歇尔、皮耶罗、小若望、芭芭拉、卡琳娜；我最喜欢的哲学家：约书亚和福贝尔；约瑟琳娜；罗杰；吉米；拉卢卡、艾米丽、苏菲；阿兰·桑赛尔尼和卡特琳娜·许艾尔，以及你们所爱的人……

做爱吧,海地人,哦,做爱吧……

——海地民歌

目录

001 | 外国人
071 | 历史学家
118 | 拉乌尔

外国人

> 奥马巴里格,我为你创建的城市,
> 我的臂膀拥抱着海洋,
> 我的头环绕在风景之中。
>
> ——达维蒂吉[①]

你一定听过那首歌:"蓝色,蓝色,蓝色的爱。"那个时候,所有的人都唱着这首歌。从学校到声色场所。从海滨纪念品店到老教堂破墙四周日益稠密的乞讨人群。在我担任英文教师的圣母无玷始胎中学,学生们把歌词抄在音乐笔记本上,每逢周一朗诵之后,这支歌的合唱旋律在课间休息时响起,一周的课程也在歌声中拉开序幕。学校的修女们出于安全的考虑,禁止贩卖文具的小商贩进入校园,他们便伸手通过铁门中间的空隙送入商品,并趁机向院内窥

[①] 达维蒂吉(Davertige,1940—2004),海地诗人和画家。

视,为合唱着爱的旋律的处女们美妙身影而神魂颠倒。有时甚至欣喜得忘记讨还前日的欠款。晚上我向"前辈们"随口聊起,富于哲学思维的他们认为这是很公平的交易:以一把转笔刀、一个香草冰淇淋换取一次心醉神迷。

"蓝色,蓝色……"这首歌无所不在。连政府部门的最高层也不例外。那些被关押的政治犯出狱后告诉他们的亲属:秘密警察局长阿尔贝·皮埃尔上校——独裁政府最粗暴的刑讯逼供者某日突然中了浪漫主义的邪,将刑具扔给手下让他们拿去清洁整理,把审讯工作服和特工队制服都收到了柜橱里,换上了一件夏威夷花色衬衣,从此过上了平民的生活。他整日在美女的陪伴下出没于钢琴酒吧,对整夜演奏这首歌的钢琴师从不吝惜小费。"蓝色,蓝色……"这首歌穿过城市晦暗的过道,穿过表面了无生机却隐藏着另一个世界的阴霾街区,一直传到医院山的山脚下,那一座座平静等待着某天笨重的山体终因底部的侵蚀而将其压垮吞没的小屋中。

"蓝色,蓝色……"傍晚,当所有教堂庙宇的法事正在热火朝天地展开时,我和"前辈们"坐在院子里,静观时间的流逝,倾听街头巷尾的声音。通常在这个时候,各大神明都在城中发动着信仰的战争,硝烟一直弥漫到我家门口。外国人咒骂着吵闹的人群,指责他们将祈求神祇与谢恩祷告的嘈杂喧嚷强加于人。然而,这首歌曲自传唱以来，却显示出了比教堂赞美诗更为强大的生命力，也因此搅乱了各种教派日常的祷告仪式。八方神明似乎都在歌声中找到了他们的主子。"蓝色，蓝色，蓝色的爱……"他们在这场竞赛中一一落败，各大宗教加在一起也只剩下寥寥几个顽固不化的信徒仍然高唱着陈旧的希望赞美诗或死亡颂歌。"蓝色，蓝色……"坐在院子里，我们总是静静聆听着从远方小屋中传来的歌声，无心对话，也无需共同寻找消磨时间的话题。听似怒吼的粗俗嗓音将歌曲送至我们的耳中。这是一种野性的嗓音，没有接受过专业声乐辅导的嗓音，像求救的呼喊一样从喉咙中喷发出的"蓝色，蓝色……"，这是人们在日复一日的生活洗礼中逐渐形成的嗓音。习惯了干旱与洪涝，习惯了常以刀棒了断的家庭争吵，习惯了贫困所带来的各种基本生活困扰，无怪乎他们钟情于这首歌远离现实的词句。

我和几位"前辈"都适应了这种平淡的生活。每天早上，我去中学上课。为了挣钱糊口，我教授着这种自己既不喜欢也并不擅长的语言。同时焦急等待着夜晚的到来，以便去寻找我人生存在的意义。每天夜里，我在自己房间里专心写诗。我将诗歌作为自己的人生目标。在我白天的教师工作和夜晚虚幻且执着的诗歌写作之间，穿插着在一栋膳宿公寓中租住的三位邻居，也就是所谓的"前辈"：拉乌尔、历史学家、外国人。他们是我的真实生活。这三个男人组成了我的二十岁的生活,他们在我生活中所占的分量比我诗文中遥不可及的女性人物要大得多。这栋公寓是我们的世界,在进入这个世界时我们都不再提起各自的姓氏。剩下的只是一个名号,一个过往人生所留下的或预示未来前途的称呼。暗示一个重大的缺点,或一个不复存在的优点。我被称为"作家"。我当时正恋着一位少女。我想我应该是很喜欢她的,但我记忆中没有保存她的任何相貌特征,甚至连一丝朦胧的轮廓也没有。她肯定有个名字,就像所有的女孩一样,但长期的记忆缺失慢慢会成为既成事实。我只记得我对她的热情除了激发我写出极差的诗句以外,没有得到过她任何回应。我只隐隐记得那个女孩不喜欢我。其实,我只保存着这个记忆,还有就是我当时很难过。而"前辈们"对我来说是现实存在的,是我真正的生活和拥有。四个人的晚餐,在房门前的闲聊,他们的房间。历史学家的扶手椅,他的烟斗,他的棉拖鞋。他床下的手提箱,每天下午他从里面捡出一本书将自己封闭于往事的尘埃中。他从早餐打开瓶塞到晚上睡前不时独饮的瓶装朗姆酒。然而酒瓶从不会倒空,让人怀疑他在地下室里隐藏着一个酒窖,每次喝到一半都会再新换一瓶。尽管后来医生们肯定他是由于酗酒和吸烟过度而送了命,但我还是不禁自问,他显而易见的酗酒行为是否只是一场大型表演。我感觉,历史学家的一生都在为满足这种对细节特征的庸俗需要而不断作出妥协,他常常在不同的情境下表现出他人期待看到的样子。出于缺乏反叛的欲望，人们可能自甘沦为一个装饰物，受制于某个妻子、某个丈夫、某个俱乐部或某个社会，并因此而死去。他的一生中只有两次发怒行为。他去世前给我讲述了第一次。至于第二次，我曾亲眼目睹，院子里孤独站立的雄蜜莓树曾是这一暴怒的受害者。我搬入公寓是为了远离家庭强加的束缚。孤独在我看来是寻找另一个人和我梦想中完美诗篇的最好起点。那位少女就是我期待中"另一个人"的素材。当然，很可能还不止一个。数目的多少没有任何意义。"前辈们"在她抛弃我的地方将我收留。生活公正地将他们的故事和秘密留给了我，成为我心中永不枯竭的宝藏。今天的我要对得起这份遗产。又一次，他们的身影出现在我眼前。他们的话音又在我耳边响起。他们的房门向我打开，让我深入到他们的真实生活和传奇之中。我毫不迟疑地步入他们的房间。甚至包括外国人永远紧锁的房间，因为开启他王国的真正钥匙他永远只带在身上。我可以看见他们三个人。我可以看到拉乌尔退休时国家自来水总局发给他的荣誉证书，作为唯一的装饰物挂在他房间的墙上。我已经忘记了我二十几岁时爱恋的那位少女。但我要对你说的话需要返回到三位"前辈"的那个年代才能表达。你应该跟她差不多年纪。你也许会像她一样。我因此不敢上前对你讲话。但我不会忘记你的名字。首先，因为人们只忘记自认已知的东西，而我不知道你的名字。其次，因为我活到了一个男人不允许自己随意遗忘自己所珍视的东西的年龄。我的时间不多了。剩下的时间，仅够尝试着抓住某样东西或某个人，就不得不匆匆离去。所剩无多的时间仅够用于回忆，用于驱走记忆中的不幸，抓紧时间期待未来。

历史学家和拉乌尔常邀请我去他们的房间作客。公寓的房间都不豪华，从我的房间到他们的房间算上过道和台阶也只有十步。但我很喜欢去他们的房间。我当时正值忧伤的二十岁，很高兴能够深入到他们的世界，呼吸到一种隐隐唤起对时间认知的回忆气息，一种应有的睿智所能带来的宁静平和。他们也时常到我的房间回访，讨论一些时事见闻。

在四个人的房间中只有外国人的房门始终神秘紧闭。外国人是房客中最早入住的一位。这是拉乌尔告诉我的。拉乌尔退休时搬入了这所膳宿公寓，而外国人当时已经住在这里了。他的门永远关闭着。不论晴雨。连窗户也是。最干燥的季节，风吹在身上像剃须刀刮过，人们只能徒然期待晨露潮润的轻吻；四月骤雨初歇，雨水冲走尘埃，夜晚中升起泥土的清香，无论何种节气，他的房间总是与世隔绝的。拉乌尔曾向房东太太询问这位奇怪邻居的情况，她也知之甚少，只说：这是一个曾周游很多地方的人，他每年的房租一次付清，都使用加元。在外国人去世时，我们曾向房东太太了解我们这位朋友的家庭信息，以便跟他的亲属取得联系。要打断一个陌生人的日常生活，告诉他你家有人死了，是件很难的事。房东太太很感激我们接受了这项使命。她在一个盛满收据的抽屉中翻找了很久，没有找到什么信息。她拒绝自己通知死者家属，却无法停止抽泣。这是一个十足的中产阶级，她为用外币付租金的陌生人逝去而哭泣。

按照入住的次序，历史学家是第三位到来的住户，也是"前辈"中最年轻的一位。外国人的房门对这位往事的专家也保持紧闭。当我来时，他对我产生了眷顾——我是唯一不曾遭到他唾骂的人——但他也始终没有向我打开房门。这扇紧闭的房门成为拉乌尔与外国人之间的一个争论主题。这是为了隐藏他从旅途中带回的宝物吗？所有的旅行者都保留着凝固某些瞬间的贵重物品，让他们可以在需要的时候再次上路唤起回忆。这个无礼的老疯子是不是把我们都当成贼了？拉乌尔指责外国人是个没有教养的老头，如果他不懂得友谊和礼貌，那么他从旅行中就什么也学不到。"友谊，就是我可以去你家，你可以来我家。友谊，就是我可以在任何时候打扰你。有一天你会在这个房间中孤独地死去，任何人都不会来救你！"但外国人不需要朋友，他也不会死在这里。他准备再次远行！拉乌尔尽可以去看望他的朋友们。这不正是他每周六都在做的事吗？拉乌尔的确每周六都去造访他的朋友们。他有很多朋友。多数都已经死去。有些是公共部门的雇员，像他一样，在那个年代跑遍全国，铺设自来水管道向干渴的城市供水。还有些是建筑工人，艰苦的体力劳动使他们很快衰老。"只要看看一个人的双手，就知道他在这一生中是否曾是个有用的人。"说着，拉乌尔向我展开了他像棒槌一样的大手，布满老茧和皱纹但结实有力，这是一位一生从事体力劳动的老人的手，在与器材、原料的无数次战斗中虽有损伤却光荣凯旋的手。那些他称颂在建筑工地或工厂中做出卑贱功绩的朋友一定也有着相似的手。这一日常的英雄事迹逐渐夺走了这些朴实劳动者的生命，除了他们的寡妇以外没有任何人想到为他们歌功颂德，而拉乌尔就自愿成为这些平凡英雄的纪念者。为向他们还以公正，他在一个小笔记本上记下了他们的姓名、他们的祭日和他们坟墓的位置。每周六，他都会在墓地巡游探访。

外国人没有朋友，他做什么事都与众不同。他对本地的一切没有任何容忍。所有的事物都使他恼火。所有的事物都很糟。每天早上醒来就满口怨言。他早上走出房间，随手在身后关上房门，环视公寓的院子后破口骂道"破烂货，滚开"，好像骂的是整个国家。同样他嫌那棵雄蜜莓树在如此小的院中显得过大，树的落叶太多，院子是如此狭小而忧郁，院子的地面高低不平，这边是砾石，那边是土地，更不用说其他缺陷：早上出太阳的时候太刺眼，尘土太大，夜里因为大树遮住月光而显得太暗，院门已经掉色，门上铃铛的声音太轻太嘶哑……对他来说一切都象征着更大的灾难。"破烂货，滚开"，外国人这样对门铃骂道。他也这样骂着院子。骂着国家。骂着他见到的路人和清晨。骂着白天。骂着夜晚。骂着国歌、八点的八声钟响、办公楼开工、政府、社会、普通民众，和唱着"蓝色，蓝色，蓝色的爱"的愚蠢歌声，好像它以如此庸俗乏味的方式唱出了生活的真谛。外国人唾弃"此处"。对他来说一切都清楚分明："此处"与"别处"之分，就是地狱与天堂之分。他听腻了每晚众人吟唱的同一首歌曲，责备那些扎根山脚下小屋中的居民没有背上家当到别处寻找梦想中的生活。"这些人让我恼火，作家！他们对世界的认知也就仅限于一首法语歌谣[①]。一个月了他们就知道唱这个！等着瞧！有一天，他们老是唱跑调的歌会引来大山的愤怒。所剩不多的树木、石头、干土都将落到他们头上。歌唱得不准，所有东西都死气沉沉。这是一成不变的王国。"他不再指望拉乌尔和历史学家接受他的看法。"他们都太老了，不能理解我，可是你，作家，你有年轻人的智慧。要活着，就得远行。"他有时给我一些老唱片，都是些异国情调的附属品：安第斯山脉音乐、南非民乐，随便什么别处的音乐，然后他大声对我说，同时让其他房间的人都能听到："听听这个，作家，这个会给你带来灵感。因为

[①]《蓝色的爱》原是一首法语歌曲，1967年由安德烈·波普作曲、皮埃尔·库尔作词。后来，布莱恩·布莱克伯恩创作了这首歌的英语版本。

灵感这东西，在左邻右舍可是找不到的！"唱片的内容不总是符合包装上的介绍。他曾借给我一张标明由著名交响乐团演奏的巴赫系列名曲。这张唱片他借给我好几次，每次都求我不要弄坏。他总是说，这是他最喜欢的一张。可是很遗憾，没有任何乐器、乐队或作曲家。号称的演奏大师也只奏出一些简单的声响：汩汩声、哨声、呼啸声、低吟声。我花了几个晚上才意识到这是风的声音。我从没跟他提起过这事。他是否听过这张唱片呢？我又何必问一些自己就能给出答案的问题呢？如果真的问他，他一定会睁大暗光下闪亮着的环游了世界的双眼，赌誓说自己上了巴黎或瓦尔帕莱索一个唱片商的当，也想让我尝尝这种被恶作剧耍弄的滋味。

巴黎、瓦尔帕莱索……外国人的口中满是地名。每个句子都是一趟漫长的旅程。句子从一个国家开始，逗号，在一个边界城市的街道上停顿，懒洋洋地坐会儿，逗号，静静地沿着边界缓行，逗号，穿越边界，逗号，掉转方向，句号，从海上进发，逗号，潜入一两个大洋的绿色海水中，游出水面，逗号，在不知路况的情况下确定路线，轻轻在岛与岛之间跳跃，驻足，删节号，呼吸一下古城或花园的味道，尽情享受天空和风景，直到足迹遍布辽远的路途，止步于远离始发点的国度。

现在通过重新给你叙述他的旅行，我想，虽然他的句子如此分散琐碎，却让我觉得其中隐藏着一个核心。他是否找到了他所追寻的东西？那又是什么？拉乌尔说得不错，外国人自认为与众不同，却因此沦为与他人无异的人。他是一个寻找意义的人，渴望在每个"我爱你"背后找到最恰当的故事。他也是一个伸张正义的人，一个绝妙的修正者，他自始至终都在爱情故事中旅行。

拉乌尔不用去远方寻找，他拥有平凡的快乐。"蓝色，蓝色……"他沉浸在贫民窟的歌声中，并找到了它存在的意义：贫苦人民的夜晚如此漫长，需要歌声的陪伴才能度过。拉乌尔要寻找每件事背后的意义，在每条社会新闻中都要寻找它所隐藏的深层含义。任何一个词、一个动作都应该隐藏着一个理想。外国人曾怀疑拉乌尔在年轻的时候接受过某个组织的培训，比如童子军，甚至共产党。当然是在他还活着的时候。外国人的意思是，拉乌尔很久以前就已经死去，但出于习惯仍在模仿活人的言行举止；总是去墓地探访死人并和他们交谈，总有一天他会察觉自己存在的荒诞，一个无足轻重的遗老，并请求一个已经安葬的死人将他收留，给他在坟墓中腾出一个空隙。拉乌尔对这种攻击不予理睬，仅满足于用口哨吹出"蓝色，蓝色……"的曲调。拉乌尔对评论他的话所表现的无动于衷令外国人难以接受，他抱怨自己在完成了三次环球旅行并结识了如此众多的美女后却落到一个与死人为邻的田地，并将要在这里死去。他不能甘心将自己众多恋情的回忆埋藏在心中。对于爱情，我所知道的只有一位以我当时眼光看来十分可爱的少女对我的拒绝。她起初还说"可能"。从"可能"就很快转变为"不"。比起外国人的非凡经历，更令我惊叹的是向他说"是"的女性人数。我从二十岁起就与词句为伍，并曾将词句对着人们头上掷去，有时是为炮轰，有时是进入某个梦境的邀约。书评人、读者也用词句对我进行了有效的反击。我的现实主义小说对于某些人来说因为过于真实而美感不足。对于另一些人，我也写出了几篇过得去的文字。但一个字转变为其反意的那种暴力在我心中孕育的恐惧如此之大，令我对这种会施迷魂术的人崇拜得五体投地，因为他们仅凭一个动作、一句话、一身装束或外貌就配得上这个肯定的"是"。我很钦佩外国人。这样的人只留给你两种选择，讨厌他或钦佩他。他颇有分享意识。他的那些女人，我们三人也都很熟悉。在我们的面前，他的手臂时常勾勒出她们的身形，他的手指抚摸着她们的秀发，他的嘴亲吻着她们的嘴唇。她们已成为我们的熟人，我们对她们的体态也了如指掌。她们每一个都拥有自己最风光的一天。外国人对他所有的情人保持一种绝对的平等。他的心从不背叛她们中的任何一个。周一，梅赛德斯，这个黑发的混血女孩向巴拿马城献上比那条运河向各大船只敞开大门的奇迹更加美妙的表演。周二的天空照亮着珀多兰，这位每一次都变幻出无穷姿态的金发美女。维罗妮克。克里斯蒂娜。安娜贝尔。还有塔玛尔，那有个犹太名字的黑人少女。她的母亲在《列王纪》中找到了这个源自《圣经》的名字。塔玛尔也从小受到宗教熏陶，永不会忘记上帝在看着你并惩罚你所犯下的每桩罪。他们每次做爱时,她都任由外国人采取主动,自己则闭上双眼。当快感到来时,她咬紧嘴唇。这样,在上帝的眼中,她将只承担一半的罪责。依斯兰德,这个与国家同名[①]的女人可不会被动地装死,她的高潮是用不同语言喊出的。我们无法恨他。对我们关闭着房门的他,却将不同肤色的绝代佳人引入了我们的寝室。这是一种治疗,能够祛除像诅咒一般掉落在地板上的褪了色的墙皮的毒。最终,"蓝色,蓝色,蓝色的爱……"。虽然经历了诸多旅行,也拥有过这些美丽的情人,外国人还是像大家一样。他也想要给每件事赋予意义。拉乌尔这样说。由于拉乌尔很少讲话,所以当他作出一个宣判并认为有必要再次重复时,人们会感觉自己像面对神谕一样的渺小。恼羞成怒的外国人就此要寻找一个报复对象。而他近旁就有一个可以轻松制服的猎物,一个无所事事的象征静静地在那里等着,可以承受各种辱骂。他的头对着书低垂着,手边总放着一瓶酒,听别人骂道他妈的、老帮菜、老废物,他却不会提高嗓门为自己辩护、反驳,即使他既不很老,也不真的是废物,只不过,或由于缺乏精力,或由于曾受到极深的伤害,就这样沉默着。一个已经极度消沉的人,很容易一次又一次、接二连三被打倒,只要别人想要唾骂、呕吐、鄙视、攻击,以便感到自己活着并从中得

---

① 依斯兰德(Islande)在法语中意为冰岛。

到满足。有时外国人用残忍的方式确认自己的存在。他去敲历史学家的房门，问他什么时候搬出公寓，他妈的，什么时候他才会回到他妻子身边，回到他位于高档街区的别墅，跟他的书、他的女儿、他的名画、他的遥控器、他的狗、他的女仆、他的棉拖鞋、他的门卫和他的高保真音响重逢？外国人清晰吐出每个词的同时特意将人、动物和物品混杂在一起，以将他们置于同等地位。

外国人的真名，我直到他去世时才知道。拉乌尔的名字就写在他的荣誉证书上：保尔-埃米尔·拉乌尔·巴蒂斯特。历史学家则颇有名望。多部著作。一位美貌的妻子。他的老丈人曾任共和国的参议员，彼时的他每次登上演讲台都令部长们颤抖。历史学家本身也来自一个优渥的家庭。他出生在一个书的海洋。父亲在房地产上挣的钱足以使其过上收藏家的生活。婚姻美满，事业有成。历史学家拥有进入名人辞典的所有要素。谁都不明白为什么这位才华横溢的历史学教授、戏剧爱好者就这样在某一天早上撤出了报纸杂志的名人八卦栏、一个完美的家庭、各大社交圈和显赫的历史协会执行委员会，搬进这处公寓，从此沉溺于酒精。一切都需要一个缘由。然而，人们四处搜寻却什么也没找到。在他最风光的时期，历史学家常与一些女学生勾勾搭搭，但这也算不上非同寻常的事。他隐居的动机似乎更有可能来源于他的妻子，而她却不属于会离婚的那种。一直以来在一个家长联合会担任副主席，她时常为少女们举办讲座，告诉她们女人在夫妻关系中该扮演怎样的角色，她也不属于会有情人的那种。她曾来过我们中学为学生们作演讲。那天我正好没课，但修女们要求全体教师都要出席。她讲了一个小时。题目是《忠诚》。我心不在焉地听着，发现"忠诚"这个词总挂在她的嘴上，就像句口头禅。她似乎对一个人能够一辈子满足另一个人全部需要这一定论深信不疑。我禁不住向历史学家汇报了他夫人来学校演讲的事。他一声不吭地听我叙述，然后便放声大笑起来。一阵长久不息的笑。高亢，爽朗。一阵散发着青春活力的笑。一阵宛如童年、如外国人的旅行般美好的笑。那是我第一次看见他笑。那是我第一次看见他快乐。那也是我第一次看见他对某件事作出反应。第二天，我们一同喝咖啡，在围绕十九世纪末小安的列斯群岛土地纷争的一段评论后他插入道，他觉得他那亲爱的另一半应该学着找个别的话题闲扯，反正她也早已不用对谁忠诚了。接着，他又重返加勒比海，回顾那些贪图土地和权力的大大小小种植园主之间的纠葛。历史学家不是个容易向人敞开心扉的人。他以一种缓慢的节奏抛出有关他过往生活的只言片语，在两条信息之间空出大块的时间，有时间隔一天，有时甚至一个星期。"我有个女儿，但她不唱歌。她的母亲也一样，我从没听她唱过歌。"他可以在某天晚上对我们说出这样的话，却随后整晚将自己关在房间或沉默中，直等到第二天早上我们在早餐相聚时才补充道："有个女儿却不知道她唱不唱歌是悲哀的。"生活的碎片。而且难以听清。他的声音已经弃他而去，剩下的只是深沉不再的啸声，仿佛他的喉咙里卡着什么东西，让他从远方、从绝望中、从山洞里对人说话。是的，历史学家嗓子里有个陷阱，还有那么多被压抑东西的重量和潮湿。要听他说话，需要付出与他说话成正比的努力。一种死去的、消逝的声音。一种破裂的、异乎寻常的嘶哑声音，它能够跟随几世纪的长河，聚焦某个事件或年份的重要性，止步于平淡无奇，重返官方历史中遗忘的某个细节。然而，它却将内心的苦楚封闭起来。就像孩子们称为含羞草的那种奇特植物一般，清早向无关痛痒的问题敞开，而傍晚却在小女孩们问它明天她们长大了会爱上谁时闭合。历史学家只有在引述历史日期和事件时才放弃沉默。心胸宽广的拉乌尔乐意让别人说话。但那些民族英雄和国家建设者令外国人感到厌烦。历史学家追溯往昔，而外国人则更想要向我们讲述他的经历。每晚都要上演昨天与别处之间的独白战争。两个声音在游记和编年史之间搏斗，一个在世界的记忆中寻求救赎，另一个则依仗它的地理学抗争。外国人总能赢得最终话语权，而落败的历史学家将回归沉默。

这是个可以提供给主持人的发言主题：写作、谈话，迷失在远方与昨日之间。然而，我看到你打了个哈欠，看了看手表。这些无意义的长篇大论让你感到无聊吧。轮到我时，我会尽量言简意赅。这也是为什么比起讲话，我更偏爱写作。所有前途难料的情话都应该是写出来的。落笔的时候,伸出的手与说不的声音之间隔着很远的距离。你听不到那个声音,也看不到脸上的冷漠。你要是哭,也是独自哭泣。如果书评人执意要揭开你的秘密,你尽可以说你当初讲的原是另一码事。

"蓝色，蓝色……"我在膳宿公寓已经住了一年了。我当时在写诗。读这些诗的人只有历史学家，但他从不敢作出评论。拉乌尔和外国人不阅读。拉乌尔会向我询问我和几位同事正在尝试组建的教师工会的活动。而外国人则徘徊在他往日的旅途中。我对自己曾经写下的诗句和作为诗句灵感来源的那个女孩的容貌已经没有任何记忆。那些诗句很糟糕。历史学家不作评论，隐藏自己的情感，但我对自己的诗人才能不抱任何幻想。一句美妙的诗文可以让过路人止步，将女人引上歧路。一句美妙的诗文能缔结坚不可摧的关系。我当时是这样认为的。我的诗文不能将任何人引上歧路。"长辈们"叫我"作家"，但也只有他们如此。在那位少女和我之间，不曾有过恋情。我们之间所发生的对她来说是种冒犯。在我则只是个笑话。"我以为……""你想错了……"我的诗篇源于一个误会，而我还将这个误会不必要地——至少在我心中——延续了太多夜晚。爱情是个虚幻，而真实近在眼前，触手可及。丧失了对少女的兴趣，我开始了有关饥饿、监牢、地狱的创作。我一直在记录我作品人物原型的真实生存状况。但要与我的几位老朋友重逢，我无需参阅笔记。是你唤醒了他们。是否在见到你的一刻，我又回到了写歪诗的年纪？我不知所终地写着。我的笔跟随句子的步调。我写的是我自己。对于主持人今早的提问，文学之所能与所不能，我没有答案。我只知道当我在大厅里看到你时，我重新感到曾几何时的那种表达心声、用词语触动某人的欲望。自从那个我已经忘记姓名的少女以后，我再没有为了说服或为了吸引人而写作。今早来到这里，我本想借这个机会见证文学的无力。说出那些老生常谈，以干脆的口吻、看破一切的神情宣布，众所周知该了解的我们都已经了解，没有什么有待探索的了。但现在我已不知道轮到我发言时该说些什么了。或许你不会来听后面的演讲。你的耐心将很快耗尽，你没有义务在这里坚持六天。六天喋喋不休的闲聊，每个人都谈论自己、自己的艺术、自己的作品。每个人都用繁复的理论解释一些简单的事。晚上在酒店的酒吧，倾泻上午那些高谈阔论的存货。有可能你在我发言之前就离开了。所以，言语无关紧要。唯一值得的故事是相遇的故事。

在他临终的最后日子，在医院病床上，历史学家催我写一部爱情小说。我向他坦承自己缺乏这方面的经验。我一直孑然一身，也从没用心关注过情场技巧。我看过几部性爱电影，几部单凭"没有全露"而自诩为艺术作品的片子。在我看来，它们不比那些直白无聊的淫秽场景更值得赞赏。我当时并不喜欢爱情。我投身于工会活动，并继续着对贫困的研究，对此我还出了一本书。那是某种针对悲惨力量的案例研究。我不断打磨自己作为苦难作家的标签，并越发坚信抒情文字的幼稚可笑。历史学家这天告诉我，我的那些诗其实并不是那么糟，我也许只是找错了女孩。他给我讲了一个故事。不是历史故事，而是他自己的故事。我知道他何以远离他以前的生活。他曾经失去了什么。他想要找回什么。写这部爱情小说不是为他。而是为别人。一个可信的美好爱情故事。他知道自己去日无多，却不想赋予自己的故事某种普世意义。临终前，他的嗓音变成一种嘶哑的鸣声，但那不是哀鸣。我从中推断出的——我虽不敢向大众高声宣布——是学着在缺席者的口述下写作的责任，令所有生命融入一个大型故事。我写作是为了对你讲述，并将通往爱的所有奇特路途保留在记忆中。

我说：你一定听过那首歌。但事实也许并非如此。每个时代都有属于自己的知识。历史学家痴迷于人类对昨天自信已知事物的遗忘能力。他曾在青年时期发表过一篇有关十九世纪殖民时期军用工事的专题论文。在其建设年代，这些工事被视为不可或缺并曾见证了诸多大型战役。英雄豪杰曾在此设立指挥部静候侵略者，也等来了在此丧命后他们自己的传奇故事。今天，这些散布在各地的战争建筑遗迹已经毫无用处。没有人再在这些要塞中暴毙。山羊在这些城堡废墟中悠然地觅食。警卫室都长满野草。没有玩具的孩子们爬到山丘顶上，将古老的球状炮弹滚下陡坡，试着比炮弹跑得更快，跑输了以后再将炮弹滚上坡重新开赛。满月的夜晚，衣衫褴褛的少男少女在这里的石头上做爱，在大炮的残骸旁睡去。所有人都受到一座凋敝城堡的恩惠，而他们的知识却与战士们的相悖。明天，观光景点将窃取山羊的草场。游乐中心将收取费用。而那些已为人父母的少男少女将凭吊他们旧日的旷野。每个时代的缺点，是将自己视为永恒。从我的青春到你的青春，之间经过了这么多的歌曲。今早，在咖啡休息时间，我心中涌起了一种接近你并将咖啡倒在那位献殷勤的教授身上的强烈欲望。但我害怕能对你说的都是些昨日的词语。欲望表达的平均速度随着时代而变化。我不知道当今的情感词语是什么。比起对一些只从书籍封底呆板的作者简介了解我的陌生人讲故事，我更难以对一个可以看见我的脸、窥视我的表情、凭借对我作出的判断而逃之夭夭的年轻女士启齿。我害怕拉近距离。写作没有人们想象的那么无用。那是推迟到场的提议。今早，在我们之间只有那位教授的身体和他的滔滔不绝，他眼睛向下瞟着你胸衣的同时在文学与流亡之间建立联系。我本可以加入你们的对话，故意将咖啡洒在他的公文包上，为我的笨拙向你们道歉，接过话题围绕流亡与文学进行展开，流亡的文学，文学中的流亡，或者随便什么。我本可以接下来邀请你在随后的休息时间共饮咖啡，然后晚间到酒店的酒吧喝上一杯。但我没敢。外国人会说："只要敢于迈出第一步。我第一次乘船……"我宁愿给你写下这部有几位老先生介入的小说。我养成了这种对现实主义作家来说弥足珍贵的谨慎作风，借以保护自己。

在一个常常出没于墓地的年纪，梦想可能显得愚蠢。近几年来，我同辈的一些人开始死去。他们的过世没有膳宿公寓的几位老人那样触动我，但我还是习惯性地参加他们的葬礼。在殡仪街，那些在大墓地主要入口前架起小网子踢足球的流浪儿都认得我。他们停下正在进行的比赛向我问好。我第一次见到他们，还是在历史学家的葬礼上。他们光着的脚和变了形的皮球与历史学家妻子的黑色长裙和历史协会那些先生的深色正装是如此格格不入。那是很久以前的事了。现在踢球的孩子已经换了，球也不是那一只了。但我仍能看到历史学家女儿的面容，听到她哭泣。死亡赋予了她生活拒绝给她的，一个可以令她引以为豪的父亲。历史学家死去时，他的世界又将他收了回去。他们给他剃了头、洗了身，以便出席官方的葬礼。历史协会主席发表了精彩的演讲，他们将他葬在市中心的大墓地。在那里，死人进去时是富有的，但随着时间流逝渐渐变穷，不是失去帽子就是手表，每个人都将自己的纪念品贡献给盗墓者。他们让他成为一个体面的逝者，他的名字在名人八卦栏辉煌凯旋。在讣告页，赢得了最后的掌声。那是悲哀得恰到好处的葬礼，前来致哀的都是些衣装笔挺的男人和像淀粉般干巴巴、面无表情的女人。这些铁石心肠的下作女人，一肚子背得烂熟的仁义教条，大多也在品德高尚理事会担任要职，她们心中暗想：再怎么说他也是个混蛋，就这样离家出走，撇下伊莎贝尔和一个需要抚养的女儿。她们只期望自己的夫君在如她们那般长久失去生活的渴望和对快乐的追求以后才会离开。这些女主人，会不惜一切维护体面。那都是非常成功的葬礼，礼仪手册的完美执行。一场名副其实的自助餐。一个"尊贵阶层"的俱乐部狼吞虎咽地分食一具尸体。遗孀要发言了。她没有治好口头禅的毛病，再一次大加赞颂夫妻间的忠诚。历史学家的女儿起身离座。她俯身贴近棺材，在父亲的耳旁低语了些什么，然后便离开了。她是哭着离开的。她是唯一一个真流泪的人。那是我第二次见到她，也是我第二次见到她哭泣。她曾来过医院。她到来时历史学家正在给我讲他少年时跟朋友一起前往的度假小屋。他继续讲着，不知道她也在听。他讲着，我则看着她默默哭泣。历史学家，这个与世无争的人，却获得了最终的胜利。从这天起，他的女儿决意要效仿他。她在可以继承的财产中只要求得到那栋度假小屋。其他的财产都原封不动。她名叫玛德莱娜，像很多叫这个名字的女人一样，她独自生活。有时，有男人会在她家过夜，第二天很早便匆匆离去。我不是她的情人。我谁的情人也不是。我每个月去探望她一次，因为我们保有一个共同的秘密。我们一起用晚餐，然后她坐到钢琴前自弹自唱，为的是追回她童年失去的时光。我们偶尔会聊到我的书。聊到我的第一部作品。借此将话题引向她不大了解的那个男人。她保留着我送给历史学家的那本书。当他不得不离开公寓住进医院时，我刚好出版了我的第一部小说。我拿出一本亲笔题词，并送到他的病房。他将书收到了他的手提箱里，在他最钟爱的经典著作中间。我的词句，我曾暗自探访的一个贫困街区的故事进入了他的藏宝箱。这本书随后所收获的一些荣誉，跟这个动作相比实在无足轻重。真正的成功都是私密的。没有任何文学奖能与历史学家的手提箱相比。作者应该只写上"献给你"。但我一直不敢在我写的书上写献词，我想要进行某种孤身一人的历险。就像外国人反复说的，要旅行就要独自出发。"作家，你上路的时候不要带任何人。旅行的同伴只会煞风景。"我问他，塔玛尔、梅赛德斯和其他那些女孩是不是风景的一部分。虽然没读过诗歌，他却会像诗人般讲话。他说，每个女人都是一个经停站，一个参照点。他喜欢爱她们，并仍在他的房间里和她们亲热。当他房门下方与地板之间的缝隙以蓝色的温柔向我们眨眼时，我们知道她们中的一个就在里面了。有些晚上，当他需要爱时，外国人便将他单身房间那只六十瓦的白色灯泡换成一只彩色灯泡。为此，他得登上床头柜，踮起脚尖才能够到嵌在天花板上的灯托，然后再爬下来，将床头柜推回到它原来的位置，躺倒在一张载满幻梦的床上，在一轮室内月亮映出的蓝色天空下，他与自己的一位情人启程远行。

"长辈们"在与女人的相处中，各有各的方式。前来探望历史学家的女人是有血有肉的。她每周日上午过来。历史学家在他的房间里接待她。这个平日里只顾喝朗姆酒、看旧书的男人这个时候会煮咖啡，打开门窗通风，驱散室内沉积的烟味。周六，他会给我钱，让我帮他采购，我会给他买回蛋糕和第二天他在女客的陪同下慢慢呷吮的茴香酒。客人来时，房门一直开着。他们之间没有任何性爱的举动，至少我们没有看见。她称呼我们所有人"先生"，我们则从她的声调中辨别出她卑微的出身。她有着低贱、不体面的人所特有的那种边说话边后退的语音。这位女士四十多岁，身材矮小，走起路来胆怯而笨拙。年龄在社会习惯面前可以被忽略不计。她看上去就像一个贫民窟的小女孩，每年元旦的早上，被她崭新的裙子和皮鞋包得紧紧的，穿过花园别墅区的街道，去看望她那好心的教母。同样的局促不安。同样的出身。外国人在满腔怒火的时刻总是毫不留情。一天晚上，他因为长时间等待护照签发等得不耐烦而大发雷霆，他拿历史学家撒气，指责他离开了自己有教养的妻子，一个虽然徐娘半老却也摆得上台面的女人，只为了一个一无是处的女人，一个看上去就像街边摆摊卖油炸小吃的穷婆子，貌美得仿佛孤儿院里脏兮兮的小女孩照自己的模样做出来的手工布娃娃。这晚，历史学家将他的烟斗放在烟灰缸里，从他摆在院子里看书的椅子上站起身，胳膊下夹着他的酒瓶，一言不发，径直朝自己的卧室走去，不跌不撞，步履坚定，就像一个没喝过酒的人对他将要做出的每个动作都平静斟酌。他进到房间，出来的时候没有了酒瓶，右手里却多了把小折刀，他用尽全力将刀掷了出去，对准了外国人的胸口，手势稳健，目光伴随着折刀的行程。他打偏了。但也没太偏。小折刀伤到了大衣，穿透了大衣的布料，最后扎入蜜莓树的树干底部。外国人还想要逞强，大喊历史学家瞄都瞄不准，他就是个只会往树上飞刀的老疯子。但与此同时，他不禁垂下满含忧虑的双眼，瞥着自己大衣的伤口，一根手指穿过那个破洞。第二天，历史学家前去道歉。他提出带外国人去裁缝那里，把大衣修补好。外国人接受了提议。他们一道出门，从此外国人再没有对历史学家的女客有过任何暗指。随后的周日，当她到来时，历史学家在院门口迎接了她，他们特意在外国人面前走过，外国人则第N次检查了自己房间的撞锁和大挂锁（双倍小心总比一份强），大挂锁是他在铁器市场买的，作为外出关门后的安全措施。外国人说"您好，女士"时带着一分敬意。我常常自问，是否一把刀就足以在外国人心中让一个穷婆子变成一位女士了。历史学家是否给他讲述了自己的故事？又或者，外国人的言语攻击只不过掩藏着内在对立的温柔？

当他以愤怒的面目示人时，是他的大衣在替他说话。外国人的大衣，就像羊身上披着的狼皮，仿佛他想要用一个与他相反的套子将自己包装起来。无论如何，在飞刀事件之后，他就不再攻击历史学家了。

在公寓，拉乌尔从没有女访客。在真实生活中和梦中都没有。他白天的时间都在外面度过。星期六，他在墓地游逛。周一至周五的时间，我们不知道他都去了哪儿。早上，他边喝咖啡边查看自己的小记事本，随后便登上一辆在公寓门前等待他的出租车离去。我由此推断，他应该是跟出租司机预订了个租约，让他们将他送达我们无从知晓的目的地。他外出只乘坐出租车，除非在墓地里，他喜欢沿墓地的小径漫步，将时间献给死去的人。还有另一件事我日后才获悉：拉乌尔对女人们说话。外国人的女人们活在他的目光里，拉乌尔则对别人的女人说话。守口如瓶，每月的第一次探访免费，拉乌尔保有城里最高尚的小生意，凭着他的探访收入与养老金，过得着实不赖。对于穷人来说，他甚至可以称得上是个富人。这一点我也是很久以后在外国人死后才知晓的。在人们活着的时候，我们很难获得他们人生的所有组成要素。如果说死亡没有优点，它却可以偶尔释放出一些隐私，将生前的奥秘暴露在光天化日之下，与此同时，在曾经隐藏在外表之下的广阔人生面前，死亡也退居次位了。在我们撞开外国人房门的这个夜晚，我领会了三个人生和他们对爱的渴望。我曾经讲述过其他故事，也有过几十个读者曾不吝浪费时间阅读。讲述一些从偶遇和所谓的幻梦或想象这些无聊产物中提炼的无关紧要的故事很容易。讲述远离我们的日常痛苦、那些因社会组织方式造成的失败人生也不难。"前辈们"的故事，他们三合一的故事，我却从没讲过。或许我要把它留给一个人，那个唯一重要的人。又或者它一直没有产生意义。如今，它萦绕在我心头，仿佛一个亟待解答的问题。这个故事有两个开端，第一个是外国人的死。第二个，是我见到你的那一刻。那一刻，你出现在这间大厅，这让我提出了一个问题，不是一个理论问题，而是扪心自问。写作是什么？写作是为了什么？写作是为了谁？从这本书中，我得到了解答。这是他们的书，也是你的书。我的心愿和我的沉默。一个缺乏而又渴望爱的故事，它有着两个开端。外国人的死。你在这间大厅的现身。两个在时间上相隔很远的事件。一个爱的故事。第一个事件标志着开端。第二个对写作者来说，让讲述成为必要。

外国人总是要在下个月出发。他一直等待新护照，每个工作日他都前往移民局。下午，他回到家，因整日排队而疲惫，却也为骂了接待员和两个部门主管而心满意足，但护照仍无下落。

无论什么季节，外国人都穿着他的大衣出门。这是为了不被本地时间所左右。他不会像被朗姆酒烧了肠子的历史学家一样热死，也不会像拉乌尔一样无聊死——拉乌尔还流连在活人的世界，只是因为他对于自己的死也如此吝啬，宁可加入半死不活的尸体行列中，以便在万人冢里争得一席之地。外国人想要觉得冷，让自己成为自己体温的唯一负责人。他曾打算在遥远的地方死去，那里与这里之间有一张明信片的距离。他的死讯将通过电报通知我们，而这个没文化的拉乌尔（一个戴着安全帽、拉着水管、仅游历过一些干燥城市的人是不可能有文化的），将难以念出他死亡地点的名字。

每当外国人在傍晚回到公寓，他都会特意弄响大门上的铃铛，通知我们他的到来。我们将首先看到他的大衣。一个影子吹着一支太平洋曲调的口哨穿过院子，随着每个步伐，它的形状也逐渐退去虚幻。一个真实的身体，还有一张脸。我们总是最后才看到他的脸。他的整个人都藏在大衣下，要与他见面，必须穿过这层衣服的壁垒,达到他的眼睛。外国人的眼睛是一幅马赛克图,一本世界通行护照。所有世界奇迹都活在他的目光中。所有美妙的奇迹,但也有别的,对此可以用格言解释:世界之大,无奇不有……外国人有着一份属于他的"无奇不有",而他对世界的记忆从他的眼中投射出来。只有接近过他的人才知道。只有那些,像我们一样曾坐在他的身边,四目对视,不是为了一场面对面的决斗,而是为了去向远方。外国人的双眼可以带我们四处遨游,当它们闭上时,就是一场梦的终结。它们每晚都打开一本浩繁的图册。我们便进入书中。只有困意会熄灭它们的光芒,这时外国人双臂平摊在桌上,双手手指叉在一起,胳膊肘朝外,前额陷在手心里就像陷在枕头里一样,在随便哪个国家睡去。我们会让他这样睡上几分钟,顺口闲聊些什么,以填补沉默。随后,我会叫醒他,将他带到他的房门前。我等着他慢慢在大衣兜里摸到钥匙,打开挂锁,将钥匙插入撞锁,将门微启,从门缝钻进去,钻进黑暗中,再从里面边关上门边说"再见,作家"。他只有在听到我打字机的响声时才会打开灯。外国人亮着灯睡觉。或许他睡觉的时候也穿着他的大衣,因为他臆想自己很冷,以逃脱炎热难耐的惯常,这炎热日日夜夜,像张身份证、某种集体墨守成规的档案记录般压在我们身上。"我热,你热,他也热,这就是生活在此地。"外国人因为怕跟不上世界气候的千变万化而觉得冷。他讲述自己曾一直沿着赤道从一个国家穿行到另一个国家，拉乌尔无意取笑，想知道是否那时他也穿着他的大衣。"当然没穿了，傻瓜，大衣是在这儿穿的，好不让自己固定下来，别处是别处，人在旅行中会入乡随俗的。"外国人的眼中释放着各种别处。街上遇见他的人不了解他，不清楚他的职业，他们见到的只是他那高大的影子。就连孩子也拿他取笑，因为他的大衣，给他起了一连串神经病之类的外号。

他还给我们讲了一个故事，在一个贫困的国家，像是阿尔巴尼亚或者尼加拉瓜，他遇到了一个人。这个人手腕上戴着两只表。一只指示本地时间。另一只听凭他的摆布，它会跳过悲伤的日子，还会在夜晚发出白天的鸣响。这是一块性情手表，让时间和地域随他的心绪而定。对外国人来说，这人是个天才。他希望能在另一个国度与他重逢。他俩将一同纵酒狂欢。但他们在那个老城市灰色街道上一见如故已经是很久以前的事了。那个人可能早已经死了。"好人总是短寿。只有噩运长存。正因为此人不能固步自封。噩运每天都会来查看你移动的速度，如果你原地不动，它总有一天会追上你。"而且，重蹈覆辙、经历相同的体验，有什么意义呢？外国人从不走回头路，除了对爱：塔玛尔、梅赛德斯、珀多兰……除了爱以外，活着就意味着行动，一定要拉开与噩运之间的距离。戴着疯狂手表的男人早已领悟这一点了。有枪声。（但还是那个男人、还是那座城市吗？）在开枪者中，有穿着制服、戴着臂章、蒙着面的成年人，还有孩子。他没能看出谁是好人谁是坏人，也不知道那些孩子是属于两方中的哪一方。还有些隐藏起来偷袭的狙击手，死亡在不经意间掠夺它的猎物。那个人（但还是那个男人、还是那座城市吗？）一把抓住外国人的胳膊，他俩沉默着一同朝远离战争的方向走去。他们走了很久（夜很长，而且一座城中有着好几座城，又或许他们经过了几座城、几个夜？），随后在一个街区分手了，这里的窗子都开着，仿佛在一幅必定赏心悦目的场景画中，没有人觉得有必要出于什么理由关闭窗子，破坏美好的景观。在这个街区也能听到夜晚的嘈杂，但那不是枪声。一个阳台上，一个女人微笑着给她的花浇水。外国人忘了花的气味，但那些花很美，女人的微笑也是。那个街区，那些花，那个女人，那个微笑，这一切并不一定有什么非同寻常，它们只是平凡生活的形式，但这些事物让人忘记了战争，所以它们一定是美好的。有歌声。用一种动听的语言唱出。那是孩子的嗓音。是的，毫无疑问，这些歌声来自好人的一方。他不记得歌词了。不是"蓝色，蓝色，蓝色的爱"。那是一首外语歌。外国人毫不隐讳他对外语的迷恋。人们可能是愚蠢的，他们谈话的内容也常常是毫无意义的。执意想要明白他们谈话的内容也是不明智的。他曾在一列火车上一坐就是好几天，当他渴望一次真正的对话时，一个女人正巧坐在他的对面。她对他低声细语了些什么。他本来很疲惫，但他感到那个女人像他一样也太久没有跟人说话了。他于是用他的语言回答道：他很高兴认识她，很遗憾他们听不懂对方的话，但眼睛也会说话，这样也不错。他还说了些在这种情况下照例会说的应景话，并用自己最优美的音色讲出，让这些话听上去像歌声一样。他们这样聊了一整夜。到他们该下火车时，一个男人在站台上等着那个女人。女人投入了男人的怀抱，然后她转过身向外国人挥手告别。毕竟，他们整晚都在相互说着听不懂却又动听的话。他说的都是些稀松平常的话，如那个女人很漂亮，尽管她并不漂亮，还有他想要与她共度一生，想与她双宿双栖，尽管他其实也并不真的这么期望。另一边，那个女人可能说的都是些恶言恶语，比如他长得不好看，还有除非地球上只剩下他一个男人，她才会考虑接受他的一个吻或是一次爱抚。然而，他们相互截取的只有语音，如此一切都好。相互之间不知所云的话语比明白但不投机的话语之间的距离更近。而在火车上一场愚蠢的对话，只要双方都听不懂，就比睡觉强。当我们不去理会语意，最平庸的路人在你眼中也能变成一个天才，他的话语可以像音乐般动听。外国人曾花费很长很长很长时间在不同城市里游荡，为的只是聆听路人的旋律。外语对最恶毒的话赋予了神秘的芬芳。在旅行中，夜晚常会带给他一段音乐的惊喜或一对恋人经过的脚步声。恋人们不会嘲笑他的大衣。就算他们嘲笑了，反正他也听不懂。"用外语轻声嘀咕的辱骂会在大衣上滑过。只有能听懂的冒犯会刺穿皮肤。"

等待令外国人困顿。他高大的影子每晚都显得比前一晚更佝偻些。拉乌尔告诉我，他曾听见外国人在夜间呻吟。我劝他去看医生，但外国人并不听劝。拉乌尔只管继续料理他的死人同伴们的事物就好，不必为活人担心。历史学家也没被放过：一个活在酒瓶里、只剩下打嗝的人没有资格规劝别人。只有我逃过了辱骂。"没事的，作家。是这种停滞的生活让我衰老。"的确。外国人突然老了。一个曾周游世界的人必定在旅行上花去很多时间。他不可能年轻。他越老，记忆就越是急不可待地要冲出他的嘴巴，在他口中争先恐后，让他同时说出很多地点、人物和交织错乱的时刻。他说，回忆就像嗝儿，既然外面比里面宽敞，得放它们出来才行。

我们通常搬出自己的椅子，在院子里的铁塑小圆桌周围摆一圈。厨娘会在离开前帮我们煮好咖啡，放在桌上。历史学家和拉乌尔首先就座。外国人裹着他的大衣随后赶到。他先将自己关进房间，大约换了衣服再重新套上大衣以后，穿着他的水城套装走出来，用钥匙锁好门，检查撞锁是否锁好了，将小钥匙装入水手裤的裤兜，再锁上挂锁，将大钥匙装入另一个兜里，然后在院子里与我们会合。他的护照还没下来，但用不了多久了。移民局的工作人员业务不熟，又对他心怀嫉妒，但这事不可能一直这样拖着。我很快就会出发了。为了打发时间，而且因为知道我们舍不得他走，他就给我们讲述他的旅行见闻。那些人。那些疆域。他会慷慨地让历史学家插入有关一座城市或一个广场的历史知识。外国人的每段回忆都是一样稀世珍宝，一座口音独特的小戏台，上面的人物与我们认识的普通人迥然不同。凭借他的全套记忆，我们得以领略异乎寻常。在世界尽头的一个小村庄，有一名独腿歌女为村里的农民献上永恒的浪漫。在田间的辛苦劳作后，对谷物和蔬菜的产量信心满满的村民收拾好农具，排队在一盆盆凉水里擦洗，每个人都耐心等待，不争不抢。男人们在树干上摩擦手心，蹭掉老茧。妇人们将花朵插在头上，又变回了当初勇于面对风雨、没有月光的黑夜、狭窄的小径，只为在溪流源头与情人相会的无忧无虑的娇艳少女。夫妻们手牵着手去听演唱。就连那些平素里自以为整个世界都是他们发明的少男少女也找不出理由跟父母作对，都跟到现场，躺在草地上，与人群拉开一点儿距离，借此凸显他们的与众不同，并毫不掩饰地拥吻。然而，他们的亲昵并不会令成年人尴尬。这些父母只会模仿他们的孩子，重新学着亲吻，聊着无关紧要的话题。每晚，歌女都让这间老鸡舍布置成的剧场座无虚席。村民们毫无戒心地接待了外国人，给他让出了第一排的贵宾席。外国人以为自己上当了，将要被迫听一个低俗的嗓音唱出老掉牙的家庭纠纷、连绵不绝的争吵、绝望的第三者和爱侣殉情的故事。吉他摆放在一只高脚凳旁边。歌女拄着拐蹒跚着走进剧场。外国人心中涌起同情。残疾的她艰难地拿起吉他，坐上高脚凳。在他旅行家的一生中，他从没听到过如此美妙的歌声。而那些歌曲也不是歌曲，而是圣歌中的圣歌。无论何地，无论是谁都无法将爱吟唱得如此动人。这个村子隐藏在高山密林后是对的，所有国家都会想要将这样的宝物从它手中夺走。但村民们向他表示他们并没有想要隐藏。不然，他们不会接待他的，况且他可以自由离开，也可以随时回来。如果他想要在此定居，他们将从自己的土地上划出一块给他。他们只不过从没有过去别处的念头。村民们的邀请很诱人，但外国人没有在村子里久留。当时，他无法定居一个地方，每个星期都要开始新的生活。离开的前一晚，作为上路前对村子的告别，他有幸与歌女进行了一次推心置腹的对话。吉他摆在身旁，双手交叉放在她唯一的腿上，她聊了起来。她不无幽默地承认，在她身上，大自然母亲把组件搞错了：嗓音有富余，但腿只有一条，但归根结底，这也没有大碍。这样一来，男观众来这里是为听她演唱，而不是为了跟她上床。她总是等着村民都睡着了，跟随他们梦的溪流，在成堆的幻梦中挑挑拣拣，选出最好的作为她歌曲的素材。她喜欢歌唱爱。鉴于没人请她合作演唱，她的歌却也因此更加纯粹。"先生，您知道，这里没有人离婚，因为大家都不会变老。既然大家总是在做梦，也便没有糟糕的记忆了。"那么独腿歌女死了以后村子会怎么样，没人能长生不死，这是我的问题，也是历史学家和拉乌尔的问题。只不过他俩因为害怕招惹口角而不敢打断外国人。"就是有这样生命可以持续很久的地方。而且，你总是埋头读书，你应该知道啊，有些书里的人就是可以永远活着不是吗？"外国人给出这样的回答。那不是真正的回答，而是对着你的思考打出的一记拳头，某种"滚开，别来烦我"，将提问者撑回到自己的认知或无知中去。

历史学家不再躲着外国人了。他不再为规避言语的攻击将自己关在房里重读他的旧书，也不再为防止对话中的纠缠将自己的椅子撤离圆桌。临出发前的几星期，外国人丧失了他好斗的秉性。他甚至时常和历史学家喝上一杯，"好帮他活得长久些。"每天下午外国人回来时，在房间里的历史学家会很快将手里的书合上，收进手提箱，拿起他的酒瓶和烟斗，再给外国人一只酒杯，如果他也想喝一杯的话。历史学家在院子里坐下，点起烟斗。这是信号。拉乌尔会紧跟其后——他改变了习惯，为了不错过开头而回来得更早了。当我工会的会议拖得太长，我偶尔在赴这环球之约时会姗姗来迟。老先生们对此并不计较。我于是也加入他们的圆桌会。他们问我晚归是不是因为遇到了个漂亮女孩。当知道我刚刚结束了一场教师之间的漫长讨论时，他们都很失望。外国人坦承自己无法理解政治和社会活动。历史学家则从不谈及时事话题。他会谈论政治，但仅限于往事。越是遥远，越好。然而拉乌尔十分欣赏这些为改变而争论的年轻人。他的小记事本里布满了那些诚实劳动者的名字，这些人将他们的一生都投入对抗干旱和传染病的战斗中，在从不落下一滴露水的村庄寻找水源，为那些人输送净水，因为如果没有他们，这些人只能吞咽自己的唾液直到内脏干涸，直到每个身体抽空最后的储备并如化石般变为齑粉。这些工人都已经死去，一辈子积攒下的只有欺侮刁难、转移调动和因为对工作过于热忱而收到的惩戒信。他们中一些人甚至坐过牢，因为那个时代所有正直的公务员都只可能是反对派的探子。他们离职的时候什么也没有得到，既没有遣散费，也没有退休金。他们的寡妇只有几张旧照片可以纪念他们，这些简陋的黑白照随着时间生出皱纹，却无法治愈这些寡妇、情人和姘妇的相思病。爱一个男人爱了一辈子，要放他走可不容易。是啊！为改变而战是值得的。穷人会变得不那么穷，他们会活得更久长。当他们离开这个世界时，他们的寡妇将能在漂亮的照片甚至在影片上看到他们，他们的孙子会将他们的传奇讲给自己的小伙伴，使之得以延续：我爷爷，他的胳膊有这么粗，像棵树干，知道吗，他能压弯一根管子，用大拇指把钉子按进墙里，这是我在一部电影里看到的，但奶奶说他回到家的时候却温柔得像只小羊羔。拉乌尔每提及这些问题时会变得情绪激动。外国人重申他对拉乌尔的判断：他曾是童子军或者共产党，而且还落下了毛病，想要为一个群体着想和只为自己着想同样危险。外国人对政治家怀有很强的戒心。他将人分成两类：反应者和不可动摇者。反应者是些爱食言的造梦者，良好意愿的冠军，但随着时间流逝，他们渐渐屈从于现实，变得中规中矩、怨天尤人。不可动摇者也很可怕，他们对所有请求都视而不见。外国人曾来到一座位于世界尽头的城市（既然世界没有中心，也不该有尽头），来到一座世界之中的城市，他问城里的居民为什么将自己的城市建在这么遥远的地方。居民们告诉他，远道而来的是他，他们选择了这个位置是为了避开一对执迷不悟的夫妇。那位妻子长得娇艳可人，夫妇二人家境殷实。妻子曾是故城最美的女人，夫妇也曾是那里的首富。但他们从不与邻居讲话，当一个男人——一位诗人或园丁，一个有着普通人心、说着普通人话的随便什么男人望见那位妻子坐在窗前，用简单直白的语言（因为这座城市的居民都是简单直白的人）远远地对那女人说句话，她就会立刻吓得跑到丈夫怀里缩成一团。同一街区的居民曾多次邀请他们参加守灵的聚会，因为在这座城市，人们用音乐和欢声笑语送别死者，邀请他们参加滚球游戏或纸牌局、孩子的洗礼、舞厅的开业典礼，邀请他们参加这种朴实无华的人类节庆活动，人们在这里相遇、度过美好时光，以期日后在两心相契的情况下成为好朋友、老情人。他们也曾给这对夫妇送来礼物，一条手帕、一束鲜花、一些因童年记忆或因尽了积蓄可尽之力而富有价值的物品。但那对夫妇就像四个握紧的拳头般顽固，他们墨守成规，绝不偏离行为准则一步，并完全可以满足于没有他人这面镜子的生活。他们拒绝了所有邀请，礼物在他们门前腐烂。他们坚信能够自给自足，防止自己和对方有新的邂逅。丈夫将无法承受妻子移情别恋。而妻子对这包裹着她、将她笼罩在一个圆圈中的目光也十分自豪。终于有一天，城区的居民对这场战争厌倦了，停止了邀请。男人们不再对那妻子看上一眼，女人们也不再对丈夫微笑。没人再在他们家门前留下手帕或花束。周围的邻居都锁上了他们的门窗和他们的心，商量后他们没有告知这对夫妇便带着他们的家当和相遇的渴望，到别处（也就是这里）定居了。出于好奇，孩子们曾回去一窥故城的废墟。成年人也曾为美化新城而重归旧地回收木料、砖头、植物胚芽、建材。仅仅几年时间，故城就已消失殆尽。那对夫妇独自在此居住。只有他们的房子屹立不倒。深信仍旧受到外界的威胁，他们继续与世隔绝。妻子的美貌不改，但那是一种黯然失色的美，就像困在孩子手中萤火虫的光芒。丈夫则沉默寡言。他们只跟对方说话。在他们的对话中，他们自创了一个神，并喜欢祈求它帮助他们坚定信念。一天，他们不顾危险决定出门。孩子们这时都躲了起来。这两个不可动摇的人穿过空荡荡的城市，回到家中。他们看到的是冷清的街道、废弃的房屋，原本的花园也被荒草占据。他们发现自此，其实很久以来，他们要对抗的只有一个敌人：孤独。从这一天起，丈夫很早就寝，晚上，妻子赤裸着坐在窗前，但既没有诗人也没有园丁再由此经过。

我写了一整夜。我本想重读自己的讲稿，再润色一下。但老先生们出现在我面前。你的面容也出现在我面前。我发现单单为你书写他们的传奇不像描述自己如何走上写作道路来得那么愚蠢。我知道你的房间号。我也知道你参加了一个书友会。但我依然不敢与你攀谈。我只剩下三天的时间作出决定。四天后，所有与会者将腾空他们的房间。即将占据会议厅的将是另一场研讨会，比我们更天马行空的闲扯，或是一些极其受人尊敬的学者，他们钻研的都是些始于数字、终于炸弹的严肃课题。其他面孔。其他胸牌。没人在这里久留。这是个经停地。一些商务人士可能习惯了这个地方，但这里不是他们的居所。外国人的回忆中也有一些旅店房间。特别是那栋接待旅行者但也有人长年定居的大楼。楼房被分成两部分。旅店部分被赋予某种海洋动物的名字，尽管这里离海很远。外国人可以从几公里远的地方闻到海的气味，听到海浪的召唤，就像被磁石吸引着一般。但在这里，他只能闻到一股土地和高层建筑的气味，一股无限延展的楼房的气味。海很遥远。这栋楼的另一半没有名字。这边的单间公寓里住着一些孤独的人。他们可以使用旅店的酒吧和餐厅。这个奇特的地方汇集了云游四方的人和从不远行的人。前者喝上一杯，做上一梦，便继续上路。后者可以在这里生活。也可以在这里死去。如果相信外国人说的话，人们可以在这里为等死而过活。外国人在酒吧找个桌子坐下。他喝着他的薄荷水。享受它的凉爽。一个男人走来，坐到他对面。不，应该说那个男人瘫倒在他对面的椅子上。就像一堆重物。一块腐肉。一个软塌塌的身体，一个烂水果。他的脸上带着往昔微笑的痕迹。世上有这样一种人，他们的脸在完全化为一副面具以前仍保存着一个破灭梦想的记忆。外国人没少见过这种在盘点过自己的人生缺憾后已经不会推销自己、保持体面的脸。在凄苦路途的尽头，穷尽所有角色塑造的演技、所有伪装艺术的操作后血肉模糊的脸。这个男人瘫倒在椅子上，外国人为他点了一杯饮料。正如人们在这种情况下通常会做的一样。当你不知道自己要面对的是一个活人还是个死人。当你试着在逃跑或弄清状况之前拖延时间。这个男人的脸比历史学家的还要悲哀。他喝着饮料，凝视着外国人，嘴巴张开似乎要说说心里话，却又迟疑着合上。一张身处绝境、进退两难者的嘴，开开合合，欲言又止。这个男人刚与绝望邂逅，外国人对此就像对大海的遥远一样肯定。他们以陌生人的方式沉默着喝完第一杯以后，这个男人张开左手手掌，展示上面的掌纹，用右手手指作了一个切断幸运线的手势。外国人也模仿了这个动作。这是个暗号，存在于无论是本义还是象征意义上曾践踏所有规范、出没所有地域、逆世界潮流而行的两个人之间的默契。这个男人又叫了一杯饮料，他作出了积极的选择。话说出来总是好的。说话的人，外国人可没少见。有的自言自语。有的对着一座雕像或一幅画说话，如同受伤的动物，饥不择食。有的说话对象可能是自己的影子、一根柱子、一根绳子或是一片海。但海很遥远。这个男人对着外国人开口讲了起来。旁边的这栋楼，在六层，住着一个女人。这个男人爱着她。他们同住在一栋楼里好几年了，他也爱了她好几年了，他甚至除了爱她已经不会做其他事了。他生命中的一切都被她取代、清除、重建。每次出门，他都是朝着她走去。他人生的每一天，无论早晚，不管他去买面包还是缴税，看本地队和客队之间的球赛，又或者在他办公桌前数了一整天的钞票后在通往某片海滩的大道上散步，他都只是向她走去。他常常会待在自己的住处，他位于一层的公寓里。他却总是在这些孤独、停滞的时刻大踏步地朝她走去。很久以来在他心目中，世上只有一个可居住空间：六层的一个房间。人们依旧相信表象。他去上班，认真完成他的会计工作，保持着自己的习惯，妥善履行自己的义务。他的外表、他的惯例，没有改变。但他的心已经不再随着日常生活的外在节奏而跳动。当他做梦时，梦见的是她。当他幻想，幻想的是她，与此同时所有事物都会焕发生机，在她出现的白日梦里悸动、跳跃。他生活的唯一指望就是在某天他将遗弃自己一层的房间、登上她的住处。不是夜夜如此。只在她想要的时候。从六层看天空看得更清楚。他们将能一同瞭望那些神奇的事物。即使看不到大海，因为海很遥远，也看不到星星，因为星星在这座城市转瞬即逝，但总有可以在天空和地平线上看到的东西。诋毁这座城市的人们坚称：这是一座没有水彩斑斓的城市，这里能看到的只有云。那么，他们就一同看云。他们之间隔着四层楼，男人自忖，这世界实在不完美。某些晚上，他希望他住的是六层。没人从一层跳下。从六层的高度，坠落的结果将是确定的。毫无悬念的。另一些晚上，当他怀着希望，他自忖，这样也好，如此便是他该上楼找她。那个女人和这个男人已经认识很久了。他们常常在一楼大堂里聊天，偶尔也会在酒吧坐一会儿。他们这样在一起无所不谈却又什么都没谈已经好几年了。这晚，就像每个晚上，男人希望在谈话结束时，她会邀他上楼。他们又在大堂里无所不谈，却又什么都没谈。谈话延续着。一切和空无，所有这些无意义的言语蚕食着所剩不多的情话时间。女人困得想打瞌睡。男人终于鼓起勇气问她能否请他去她的房间，对她坦承，每天早上他一觉醒来都寄望着当晚她会叫他上楼。他说出了在心里深藏多年的话。海很遥远，但凭想象可以出现，而男人已经跳了进去。女人越来越困。她模糊地听着，渐渐不再听了，旋即睡着了，撇下男人在他另一时空的海中独自游着——每个人都有自己的七重天和六层楼。当他告诉她，这事关他的性命，她却在此时告辞。眼下，女人在她的房间里睡觉，男人来到了酒吧。为的是避开自己的房间。在没有找到新的住处以前。随便哪里。远，很远。地点不重要。人死了，会在乎坟墓的大小和居住小区的环境吗？要紧的是远离生命，远离生命的一切象征。作为一个死人的敬意，他将不去打扰心爱女人的睡眠，不在没有海的地方看海，或是眼含悲哀的波涛在楼梯脚下等待。人死了，就应该隐藏起来，但愿没人会看见一只浸在自己粪便里的狗。人死了……外国人丢下哀伤的男人起身离去，没叫后者等他。他登上六楼，敲响了女人的房门。有人在这么晚敲门令女人十分诧异。谁？什么事？外国人答道：一个过路人来通报，楼下的酒吧有一个人正在死去。女人不喜欢这个玩笑，每晚，世间的每个酒吧都有人在死去。外国人坚持道，这不是随便哪个人，他是多年来与她一起无所不谈又什么都没谈的那个男人，住在一楼却看到海水带着她涌入大堂的那个男人，因为她住在六层而觉得从六层就可以望到天空的那个男人。女人反驳道，那个男人是她的朋友，一位绅士，他绝不会在这个时间派个信使叫醒她，对她说这些无稽之谈。外国人解释说，自己并非信使，只是个过路人，男人正在死去是真的，因为他正在啃噬自己，耗费体内的能量，最终他将精疲力尽。其实，他多年以来一直在慢慢死去，却没敢告诉您。我？为什么告诉我？外国人为她的视而不见而恼火，问她这么多年来怎么能从显而易见的事实面前径直走过而不停下脚步，看一看，听一听。这时，女人在半梦半醒间回忆起，数次在走上楼梯时，她隐约感到背后有一双悲伤的眼睛；当他俩在无所不谈却又什么都没谈时，男人似乎为了不伸出双手而将手隐藏起来。女人终于清醒了，她意识到自己从没用心倾听男人说的话。她工作繁忙，过度疲劳，很可能忽略了他们对话的一些片段。外国人让她相信，对那个男人来说，那却是最重要的片段，是他将海留在她门前的片段。但女人不置可否，她为自己辩解，回避这比喻，她爱着另一个男人，一个可以满足她生活需要的男人。外国人以一个旅人的身份向她承诺，如果她向楼下垂死的男人施救，可以满足她需要的那个男人将不会因此死去。我们的施与不会害死人，害死人的是我们的拒绝。女人说：等等。我就来。外国人没有等待。他下到大楼另一侧的酒吧。此时男人昏昏沉沉。外国人在吧台坐下，又点了一杯薄荷水。当他结账时，女人来到了。外国人确信她穿着的是她最美的连衣裙。她走到男人的桌前，坐了下来，双手捧起他的脸，对他轻柔地细语。外国人不知道故事的后续。或者他想留给自己。他常常让我们自己想象结局，创造符合寓言的寓意。

天色渐亮。已经有人在吃早点了。几个小时后，我们又要回到戏台上了。你今天会穿着什么裙子呢？或许你到这里来是为了寻找可以邀请的作者。又或许你像外国人叫醒的那位女士一样忙碌。我看见你做笔记。我很希望能有幸一读。知道哪些思考是你的手判断有用或惬意的，对它来说是值得固定在你的纸页上的。也许我会出现在你的邀请名单上。你会想跟我聊聊你们书友会的成员，他们的兴趣所在，读者接受理论以及其他类似的话题。说实话，我并不在乎你对我那些已发表作品的看法，那些书不是为你而写的。那些书是为一些陌生人而写，而他们的意见只会影响到作者版权和声誉这些次要问题。这是我第一次为住在六层的女士写作。在这黎明时分，我想相信（且丝毫不觉得自己是个白痴）：既然你存在，那么窗帘后面就有可能藏着一片海。

某些晚上，外国人将我们带到远方。世界变成一个空旷的地域，其地标因变幻无常而不可见。而务实的拉乌尔禁不住提醒大家，歌唱爱情的女人和深陷绝望的男人，在任何时代、任何地方都有。生命，死亡，在哪儿都是一样。唯一不同的是风景。但当拉乌尔说着这些富有理性的话时，外国人早已步上新的旅程了。他很少描述风景，除非是要说我们这里很快连一棵用来上吊或是打棺材的树都找不到了。

"我对那些城市的记忆只有一张张面孔。"这是我依稀记得的一位诗人的诗句。外国人有点儿像他所说的。麦田的颜色，雷雨的猛烈，气候的温和，这一切只有反映在人身上时才会引起他的注意。人们常常将旅者和自然观察者混为一谈。外国人曾三次环游世界。不是随便什么世界。是唯一值得的世界。值得在大自然和书籍中旅行的世界。人的世界。

我们的晚上就是这样度过的。白天，上完课后，我在工会办公室找到我的同事们。我们在一起讨论教学体制的各种问题。这类谈话可以持续很久。我们很少提到现在，总是展望未来。未来对我们来说就像一个注册商标，有一天世界将为它的魅力倾倒。晚上，我与我的老先生们聚首。外国人带着我们环球旅行。那是一场与疲劳的赛跑。每晚，疲劳都会提早一点儿到来。外国人在旅行途中蓦然睡去。偶尔在旅行之初，刚登上船便沉入梦乡。我们停留一阵，沉默不语或随便说点儿什么。我拍一下他的肩膀。他半睁开眼，喊出他的那句口号："破烂货，滚开。"我是唯一一个获准搀扶他走路的人。我扶着他走到他房间门口。将他留在那儿，回到我自己的房间。他要等到打字机的声音响起才开灯。外国人开着灯睡觉。我不理解这种对光亮的需要。我则浸没在纸张的黑暗中。当时我在写很糟糕的诗。围绕着将来的革命。围绕着爱情的贫瘠和缺失。我不为此羞愧，因为那都是愤怒的隐喻。然而，愤怒是一种难以表达的情感。需要很多的天赋才能喷发出一首诗。愤怒，我有。缺失，我感觉到了。但我天赋不足。现在回想起来，外国人眼中的诗意比我稿纸上更多。我曾以为那些国度、女人、所有现实的事物，都应该揽入怀中。他却知道，生活，需要用眼睛来拥抱。"一切尽在眼中。"我记住了他的教诲。这就是为什么我看着你却还不敢对你讲话。这就是为什么在咖啡休息时段，我没有打断你与那位自负教授的交谈。这就是为什么我没有自信，对主持人的回答也显得漫不经心。我想要说的话很简单，但听众从中可能只会看到外国人的大衣，并因此指责我老朽昏聩或故弄玄虚，所以我想要悄悄告诉你：但愿我现在学习"看"还为时不晚。

一天，历史学家认定外国人等得够久了。他给移民局局长的秘书处打了一通电话，要求约见。女秘书先是回答局长不在，随后又说局长在，但正在与上级领导开会，她可以试着联系，但不能保证局长有时间接见。先生姓名是？罗伯特·安布洛兹。先生的头衔是？罗伯特·安布洛兹。好的。先生可以稍等片刻吗？一分钟后，教授先生可以随时光顾，明天可以，甚至当天就可以，局长已经对保安下达正式命令，不能让教授先生等候。那么，教授先生将在当天前往。谢谢，小姐。是夫人还是小姐？小姐。我就知道是位小姐，声音那么年轻、响亮。已经订婚了吗？还没呢，先生，男人总是心急火燎。没耐心。对，先生，他们都没耐心。不要草率，要善待自己的青春。谢谢您的忠告，教授先生。万分感谢，小姐。一会儿见，小姐。

历史学家的口气就像个权贵。若非情况特殊，他绝不会再次造访他千方百计逃离并用书籍和酒精将自己隔绝的这个吻手礼和官架子的世界。这天上午，为了成人之美，他重拾从前的嗓音、往昔的绅士派头。他找出了自己的蓝灰色正装。这个长久以来只穿棉拖鞋的男人拒绝信赖擦鞋匠的技术，亲自动手，仔细擦亮了他的典礼用皮鞋。洁净的皮鞋搭配同色系的领带，历史学家像个亲王般走了出来。拉乌尔为我们预约了一辆出租车。司机为历史学家的仪表惊叹。在车上，我们设计出一套策略。每个人都要扮演自己的角色：历史学家将轻松获得护照签发的命令。我将监督下级落实。拉乌尔负责望风。因为我们不想让外国人看见。他没要我们做任何事，一旦发现，他会因此而难堪。拉乌尔大概与出租司机早有协议，类似某种预缴的年费。我们下车时，他没跟司机结账便径直走上街，守在办公楼入口处，以便监视外国人的踪影。历史学家找出那个有张主管脸的保安。他走上前去告诉他与局长有约，他们都是公务繁忙的人，没有时间可以浪费。保安找到前台，后者联系了局长秘书。前台告诉保安将那位先生带到局长办公室。但保安不让我进，将我归入站在我们身后、意图利用这位重要人士的影响力混入的那一小伙蠢蠢欲动的狡猾民众。跟我一起来的只有这个青年。没有别的人？没有别的人。你们退后。排队等候办理业务的人群一直没有向前移动。在保安的护送下穿过这支队伍时，我们听到了议论、谴责和牢骚。他们中的一些人尽管已经交了加急费，却也等了好几个月了。另一些人遵照管理部门的要求，带来了他们洗礼和出生证明摘要的原件——一式两份，但文件注册部欠缺人手，只在上班的最初几个小时接受登记申请。临近中午，办事员们已经累得无法保证输入信息时不出现日期混乱或拼写错误了。在楼上，事情则进展很快。女秘书还沉浸在与历史学家通电话时的欣喜中，此时为这位身着蓝灰色正装、仪表不凡的先生倾倒。她的眼神透露出她的心理：像这样的，已经看不到了，如果能有一个这样的，再年轻二十岁，该有多好。优雅、知识、风度，集于一身。她不知道的是，这是个隐退的情场老手，为了帮一个朋友的忙，将他辉煌时期的正装当作一件二手戏服套在身上。她看到的历史学家是如果当初某件事没有使他脱离他原生的社会轨道的话他本该有的样子。历史学家向局长——他的老校友介绍了我，一个刚开始从事中学教育工作的年轻朋友，"日后他会走上正轨"。局长对教育工作的意义给予了肯定。"当然是个好起点，但对于一名有志青年，在几年之后，势必要尽快走上正轨。"历史学家的年轻朋友还是个诗人。"也是个好起点。年轻时写写诗总是好的。"这位局长自己也创作过几首诗。"诗歌对上流社会的绅士来说是个很美好的青春爱好。但还是要走上正轨。"的确，历史学家此刻也正想让谈话"走上正轨"。"很遗憾，移民局当前不招人，但我们可以帮您的年轻朋友想想办法……生活本来就充满例外。"历史学家进行了修正。我的年轻朋友不想找工作。我们来是为了一份护照。历史学家于是介绍了外国人的情况。一个游历多国的旅者。一本新护照或是旧护照更新。加快受理程序。这件事可以在二十四小时内办妥。"与报纸上写的完全不同，我们虽然人手不足，服务却是十分高效的。我需要您朋友的姓名。如果他已经提交了需要的材料，护照将在明天一早签发。如果还没提交材料，他只要明天来找我，二十四小时后他将去到他想去的任何地方。他叫什么？我们没有名字。外国人就是外国人。我们这几个在公寓生活的人，从没想过用其他方式称呼他。而他也不是一个别人可以用友情的陷阱让他提及自己父亲的人。他是个旅行之子。我们没有名字。但高妙的历史学家并没有因此不知所措。他来此是为了要成人之美。他感到一种上天的力量推动他，前来帮助这个陷入困境的同类，一个古灵精怪的好人，一个不知姓名的老相识。况且，我不想让他知道我为他的事出了力，人是有自尊心的……局长表示理解。他也会时常以最低调的方式，帮助一些男女老幼……"可是，连个名字都没有，让我们怎么办呢？"这时，我想到了大衣。从小孩到老人，包括宗教人士和军人，尽管后者服饰令人不安的程度可能有过之而无不及，却都会在外国人经过时转过头注视。移民局的职员们肯定注意过这件大衣。"大衣？您这个老朋友……这个老相识……可真有个性！当然，每个人都有自己的偏好，不是吗？比如你我这样的知识分子……"局长很欣赏年轻人的机智，他立即让秘书将保安主管和接待主管叫到他办公室来。这两个人都十分肯定，谄媚但十分肯定。他们从没见过一个身材高大、有些驼背、六十多岁、穿着一件大衣的男人。这样的人他们肯定会注意到。每星期一都会有一个衣衫褴褛的疯女人跑来这里，但没有身材高大、有些驼背、六十多岁、穿着一件大衣的男人。昨天没有，上星期没有，上个月没有，最近五年来没有，他们记忆可及的时间内都没有。

拉乌尔在出租车里等着我们。历史学家暗自咒骂。我们这样的知识分子……写诗是个好起点，但胸怀大志的男人会尽快走上正轨……上大学的时候，我为了给他写论文可是费了九牛二虎之力……然而，我们三人此刻都在想着外国人。拉乌尔徒劳地张望，出租车司机询问了彩票叫卖者和街边小店铺的店主。外国人没有来。今天没有，昨天没有，从来都没有。

在公寓，这是一个惨淡的下午。历史学家又换上了他的棉拖鞋和日常着装——一件稍显破旧的短袖衬衣和一条源于他在大学担任排球队队长时代的短裤。他重拾他的书和酒瓶。没有外国人的院子无法开启任何旅行。历史学家第一个回到自己的房间。拉乌尔突然要去看望一个他很久以前承诺要去看望的人。一辆出租车神奇地等在门口。他一个小时后就回来了，将自己关进卧室。出行很短暂。我一个人留在院子里。然后，出于习惯，我尝试写作。这个总想要在沉重的时刻写作的坏毛病。午夜时分，我听到门上铃铛的响声，接着是钥匙声，接着是开门关门声，又是钥匙声，接着是叫骂声"破烂货，滚开"，一次，两次，多次。接着，便无声无息了。有时，世间最恐怖的事物，是寂静。

拉乌尔坐在床脚。他声音柔和："外国人走了。"走了？他能去哪儿？他没有护照，没有护照哪儿也去不了。那个声音坚称："外国人走了。"一个谆谆教导的声音。柔和，但因对事实的确信而坚定。走了？可几个小时前我听见他回来了！"他走了，我跟你说。得把门撞开。"我看着拉乌尔。我看到的是他每周六早上的那双眼睛，他那双死人信使的眼睛。他从不说那个字，总是用委婉的词语替代：缺席者，离去者。当一个旅者死去，说他走了不是更忠实于他吗？拉乌尔是如何知道的呢？一个人是不能单方面决定他人死活的。他不能说"外国人走了"，仿佛一份最后通牒，于是，后者就像个傻子似的，仅仅为了配合某一言语行为而结束自己的生命。我讨厌拉乌尔。拉乌尔知道。他拥有亡灵世界的入口，及其出口。他的生活就是在活人与死人的世界之间穿行。我跑到外国人的房门口。屋里没有透出任何光线。没有白光，也没有蓝光。外国人睡在黑暗中。可外国人从不睡在黑暗中。我在门上的敲击声吵醒了历史学家。他没有敲打的力气，也没有呼喊的嗓音，但他敲打并呼喊着。他相信拉乌尔的话。其实历史学家从不反驳。他情愿伸展，躺倒，平摊，服从，接受。如果拉乌尔这样说，那么外国人就是死了。拉乌尔找出我们平时用来收集蜜莓树叶再将其投入铁桶内焚烧的铲子。外国人厌恶这颤颤巍巍、毫无气势的火焰。外国人厌恶"此处"的一切,特别是无法忍受在这个国家、这座城市、这间房间里被本地时间追赶上的念头。外国人为死在别处而生。况且,一个探险者不能尚未对自己的旅行总结出教训、尚未毫无保留地讲述这个世界的广袤无垠以及组成人类的一千零一个部族的风土人情之前就死去。我们的旅行欲望还没得到满足。他还欠着我们一个他记不清哪片沙漠边缘的爱情故事的结局。无所谓哪片沙漠,管它是什么经度,他要做的就是从头到尾讲述那些凯旋的柔情,那些愚蠢的不幸。他的眼中还留存着那么多的旅行,得要好几辈子才够向我们悉数讲完。比如那个模范丈夫,他的妻子如此深爱着他,每天做完晚饭便坐在饭厅的椅子上等候他归来。她一动不动,压抑着呼吸,不让蚊虫的叮咬和鸟儿的叫声分散她守望的注意力。她以一种热忱的牺牲精神执着地守护着她为自己指定的角色。这是神迹还是诅咒?她将永远不会从她坐的椅子上再站起来。一天晚上,她的丈夫在她惯常的座位上找到了她。冰冷、僵硬如一座雕像。他想要将她拽进卧室,来吧,你的男人,你为之奉献了一生的男人回来了,但他拽不动。他向邻里求助,但任何药物都无法令妻子的身体恢复人体的柔软。这座塑像有个名字:人们叫它"坐着的女人"。它既成为一个观光点,又成为一个争论的焦点。时至今日,城里依旧有人在谈论它。它令朝圣者与游行者针锋相对，而那些政客则支持两个阵营。有些人相信从中看到了人类爱情中的神迹，并赞颂那位圣女的品德，然而另一些爱饮酒、爱唱异教歌曲的人则说道，众所周知，想做天使的人往往变成禽兽；他们呼吁人们作出评判，对那位丈夫处以一生坐在塑像脚边的刑罚。妈的，外国人，你不能死。给我们讲个故事。你有的是好故事。再给我们讲一遍那对爱侣的故事。他们一年一次相聚在一个远离他们日常生活的所在，一个只有寻找刺激的游客才会流连的区域，一个野兽还在夜间外出捕猎的蛮荒地带。那是一对婚外恋人。他们各自都与一个十分正经的人结了婚，选择回避爱是唯一的。唯一的爱，情人的社团。他俩每年在同一季节、在他们亲手搭建的一座房子里重逢。屋内他们放了一张床，只放了一张床，如此为梦和不可预料留出了很多空间。房子大门有两个撞锁。两把钥匙。一把给你。一把给我。每个人都拿好自己的钥匙。这是一扇只有两个人一起才能打开的门。虽然他们各自十分正经的配偶曾大发雷霆，还曾以离婚相逼，两个人却年年都来。他们拿出自己的钥匙，打开大门。如果有一天其中一个没有赴约，大门将保持紧闭，而那些时常向他们请求避难的惊恐游客将不得不在房门外与野兽共寝。

不，外国人尚未完全敞开他的大旅行包。他不能"走"。拉乌尔找人把挂锁撬开，又将铲子像杠杆一样架在门和门框之间，他叫我们使出全身力气去推。我们推了。铰链断裂，门开了，而历史学家在冲力的惯性下，倒在一堆软乎乎的东西上。一开始，大家都两眼一抹黑。接着，我们渐渐分辨出一些物品。历史学家边爬起来边说"没事"，他被大衣绊倒了。拉乌尔找到了电灯开关，但灯不亮。我走到床的另一头，撞到了没在它本来位置的床头柜，然后，我看见了他。身体平摊在地上，右手伸展到床上。手掌半握着一件东西。一只灯泡。蓝色的那只。此时，我能看到的大多仍是漆黑，但我肯定它是蓝色的。他是想要点上蓝光。为此，他必须挪动床头柜，爬上去，再踮起脚尖，以便够到嵌在天花板上的灯座。他滑倒了。我拿起灯泡。重复一遍他的操作。拉乌尔等待着，好按下开关。这实在不易。外国人比我高大。他的视力也比我好。我摸索着寻找灯座的位置。我几乎要蹦起来。历史学家扶着桌子，保持平衡。我奋力一搏。拉乌尔。开关。赫然，光亮。蓝色。站立在床头柜上，我看着世界。我浸没在世界之中。我从没见过整个世界汇聚一堂。这里有蓝色的海洋，悬挂在天花板上。有树木，桥梁，林间小径，宽阔的大道和羊肠小道，大马路，土路，灌木林，大平原，崇山峻岭，小河湾，悬崖，晨曦和落日，各种沙子，细雨和暴雨，晴空，各种形状的云。整个地球同时出现在我的头顶。墙面上，都是人。人体和面孔。几对在广场上亲吻的爱侣。一些孤独的女人。几个家庭。一个弹奏着民谣吉他的独腿女人。几个裸露的身躯。漂亮的女人和不大漂亮的。看。塔玛尔，那个有着犹太名字的黑皮肤女人。在她旁边，一个更年长的女人正神色严厉地注视着她。那一定是她母亲。一对身着结婚礼服的男女。男人趾高气扬。女人很美，比塔玛尔，那个有着犹太名字的黑皮肤女人更美。比珺多兰——半裸着躺在另一面墙上——更美。这个最美的女人却姿态僵硬，腰背绷直，目光呆滞，仿佛她被拍下的那一刻正在走钢丝，好像她将以同一个姿势度过一生：不要掉下去，不要掉下去。我认出了住在那座废弃城市的夫妇。几千个人体，几千张脸。所有年龄，所有种族。簇拥的人群。独行者。一个小姑娘，只身待在黑暗中。一位老太太在遛狗。一个无家可归者伸出的手。演讲者。蓝领工人。各种各样的人。如外国人曾穿梭、重建、拆解、热爱、想象的世界。还有他那从此一动不动的身躯。那个在我脚下摇晃的床头柜。叫我下来、帮他把尸体抬上床的拉乌尔。以及一言不发、默默等待的历史学家。他不想帮我们抬。拉乌尔抱起外国人的双肩，我拽着他的双脚，两个人都回避看向他永远闭上的眼睛。我们将他平躺着放在床上，让他面向世界，他那些贴在天花板上的微缩天空。随后，历史学家给他盖上他的大衣。大衣本不是蓝色的。它材质僵硬，边缘被岁月所啃噬，颜色肮脏，绿赭石般发暗。然而，从天花板落下的蓝色将所有色调都柔化了。当外国人睡在他蓝绿色的大衣里时，我们走出了他的寝室，遵照他的梦和意愿，没有关灯。

主持人工作出色，非常称职。然而这只是一个职业。他很可能上了些文学培训课程，参加了由理论和实践两部分组成的文化主持工作坊，实习环境包括图书馆、中学和媒体。他向我们发出的提问似乎都很切题，鉴于我的同行回答起来都轻而易举。至于我，我想要承认——不是对他，而是对你——我从没遇到过比外国人更伟大的故事讲述者；占用读者的时间、以或自负或庄严的口吻讲述一些无聊的事让我感到难为情。外国人借助画报、明信片、从旧书摊搜罗的照片、《圣经》故事书和黄色杂志，拼凑出了爱的世界。他变更了人们的所在地，拆散又撮合出一对对夫妇，将故事改头换面。他复制粘贴出的爱情故事更加美妙，更富有智慧。我从没遇到过比住在他墙面上的那些角色更有用的人。我从没实现过比那更远的旅行。无论是在世界中，还是在爱情中。

历史学家和我在拂晓时分走到了房东的住处。我们从那里打电话联系了殡仪公司。房东戚戚哀哀。一个人死在她的房子里。公寓名声会受到怎样的影响！她在抽屉里翻找。找到的只是一叠叠收据。他每年一次用加元付清房租。她知道的只有这些。最终，她在一个四分之一世纪前的旧记事本中找到了一个名字和一个蒙特利尔的电话号码。回到公寓。拉乌尔动员他的出租车司机网络，据说人们常常看到穿大衣的男人出现在下城区城墙路附近。救护车到了，司机解释说如果没有人签字承担财务责任，他们不能运走尸体。历史学家正要签字，拉乌尔说他会在下午回来，用现金结账。我们没有参与尸体的送行。前一天的出租司机将我们拉到电话局，我们在那里排队申请开通国际线路。然而，我们只有一个名字，却不知道名字的主人是谁。里卡多·马扎然。历史学家拨通了电话。蒙特利尔那头的男人听不清。里卡多·马扎然？再大声一点。里卡多·马扎然？男人充耳不闻。灰心丧气的历史学家把话筒递给了我。

"里卡多·马扎然？"

"我不是里卡多·马扎然。你们是谁？"

"那么，您可以告诉我谁是里卡多·马扎然吗？"

"他是我弟弟。他怎么了?他想要什么?我早就告诉他不要再给我打电话了。"

"为什么?"

"这关你们什么事?你们是谁?"

"我们是外……对不起,是里卡多·马扎然的朋友,如果我们说的是同一个人的话。您弟弟是不是总是穿着一件大衣?"

"那是我的大衣。"

"噢!"

"那是我上次回国,他从我那儿偷去的。为了惩罚我长期留在国外。"

"噢,所以他叫里卡多·马扎然。"

"可说了这么多,你们是谁呀?你们找我干什么?"

"他死了。"

"死得好。我当初为了让他能过来,什么都准备好了。所有的证明……可他一直都不愿来。他怎么死的?"

"他是摔死的。"

"摔死的?"

"他从床头柜上掉下来。"

"是开玩笑吗?还是你们也跟他一样是疯子?"

"妈的,他不是疯子。"

"不是疯子，哈？这个蠢货甚至都没想要给自己弄本护照。我跟他说，得尽快离开这个破国家。他却宁可在那里混下去，直到死亡找上门。'一切尽在眼中。离开有什么用？'他从没对你们说过这话？'一切尽在眼中。'我一直在给他付房租，现在可以打住了。我告诉过他不要再给我打电话。他死了，结束了。不要打电话给我了。"

"您回来参加他的葬礼吗？"

"我不会再踏入这个国家。"

"您会支付丧葬费吗？"

"不会，丧葬费我都支付二十五年了。"

拉乌尔对谎言有自己的一套理论。服务于一项事业的便是真实的。我们没有试图弄清外国人的真情与谎言究竟是什么，也没有以里卡多·马扎然这个平凡的名字将他埋葬。我们没有将他葬在多年后历史学家的遗骸被其遗孀封闭其中的下城区大墓地。拉乌尔找到了市郊的一处墓地，这里的坟墓都别具一格。一个荒诞不经的小墓地，在地图上也没有标示。于是，我们在很久以前的一个星期六，在卡拉德树林墓地，埋葬了外国人，这个名字以大写字母刻在了他的墓碑上。历史学家身穿他的蓝灰色正装。拉乌尔在他的小本上记下了日期、时间、地点和所有细节。我则在心里重复着那句话："一切尽在眼中。"

我是谁？我要去哪里？我过去是什么？是我曾看到的。是我当前所看到的。今天，我看到你。于是，我想将主持人提问的自负奉还给他。除了我所看到的，我还有什么可讲的呢？也许，我将克服自己的恐惧，鼓起勇气对你说上一句话。始终不想离开自己国家的里卡多·马扎然死了。那个总是从异地返乡的外国人。他二者兼于一身，且从没觉得需要对别人坦露真实的自己。而我，却想要告诉你我内心的主角。那个我一直回避并在今天被你唤醒的我。

你喜欢风筝吗？铲完最后一铲土后，我们仨坐在墓地的矮围墙上。我们从一个孩子手里买了一只风筝，让我们仨中最灵巧的拉乌尔将它放上了天空，他在它飞到高处时放开了风筝线。剩下的事都留给了天空、地心引力和几个嫉妒我们拥有这样一件东西的小流氓。风筝摆摆尾，摇摇头，呼啸，飞逝，消失。我们起身离开。历史学家请我们随便找个小酒馆跟他喝上一杯，还补充道，一杯酒不会让拉乌尔和我成为酒鬼，仅是两个刚刚失去朋友的悲伤男人。

历史学家

莫再找寻我的心，野兽已将它吞食。

——波德莱尔

我没再去过卡拉德树林墓地。名字还在，但树林早已不在了。墓地也几近消失，没有人再在这里下葬。一些高大的房屋拔地而起，将死人从路人的视野中掩藏起来。外国人的预言变成了现实。曾经树木繁茂的地方现在车辆飞驰。今天有一条城际公路由此通过。我取道这里时，尽量让自己直视前方。然而，我还是看见了。那些坟墓掉了色，残破老旧。那些风筝也是。孩子们不再用五彩缤纷的薄纸做风筝，而是改用了剪成四块的旧塑料袋。飞着风筝的天空也变得灰蒙蒙的。时代变了，正如进口商品的种类。也如其他很多事物。批发商不再订购风筝纸了。

房东太太的那些继承人，一如她们的前辈，都是十足的中产阶级。她们拆除了膳宿公寓。这栋老建筑年久失修，布满裂纹，但那棵蜜莓树本还可以再活上很多年。公寓拆除之前，租客就只剩下拉乌尔。没有人想租住了。本来公寓里还剩下几位迷失在自己秘密中的老先生和一些无所事事的年轻老师，但房东太太提高了租金并要求房客用外币支付。她与公寓同归于尽了。她的那些继承人知道如何将传统与现代相结合。她们建起了一座漂亮的现代建筑，并将它分层出租给了几个美国非政府组织。有很多这样的家庭，可以说在家族遗传下，只能通过外国救助才能幸福地生活。房东太太不喜欢外国人，但她从他身上看到了一个先驱，她可能告诉她的那些接班人：只有他以外币支付房租。

在医院山脚下，一座座歪斜的小屋艰难地挑战着平衡，但神奇的是它们相互依偎，竟也保持不倒。它们的数量增加了。这座山像位慈母，任人们在肚子里挖掘却没有崩塌。夜晚，越来越稠密、越来越刺耳的嗓音依旧在这些小屋中吟唱着。然而与此同时，那些非政府组织都已大门紧锁，人去楼空，援外人士都在别处，在他们的寓所里休息。晚上，由保安负责保障大楼的安全。我猜他们会在上岗的时候睡觉，因为没人会想要强行闯入一栋装有警报和摄像头的建筑。那些保安也可能不会睡觉。但空调冷气将歌声关在了门外。

我不知道人们时下都唱些什么歌。曾经所学不多的英语现在也都被我遗忘殆尽。而今天人们大多用英文唱歌。我不责怪事物的改变，只是反感事物背着我改变。工会已经变成了一个行政机构。我们没赢，也没输。我出于习惯，仍出席全体会议。工会创立者中还有寥寥几人在执行委员会中任职。他们为自己的意见索取老资格的权威，与年轻人相处不睦。另一些人很久以前就出了国。他们偶尔携妻儿回来度假，借机举办怀旧聚会，并把自己的故交介绍给他们的小家庭。还有一些已经死了：一场车祸，一次心脏病发作，一些恶疾。有些运气不太好的娶了像历史学家妻子那样的女人，或是嫁给了自说自话"想当年"的大男人。我同事中的女性为数不多。她们并不比男性缺乏战斗力。她们的生活十分艰辛。但她们还都活着。历史学家的妻子也还活着。如果这能叫活着的话。她住在一所不知什么修道会的前辈友好协会的养老院。人们无权评判他人，但我希望直到她在肌体死亡到来之前，都会感到她脖子上历史学家的手指，但愿她的回忆忠实于她的恐惧，那晚，这个一生归结为一连串妥协的男人差一点就把她杀了。

外国人去世几个月后我就搬出了公寓。工会发展起来了。人们谈论着我们，在秘密集会上说我们的好话，在官方场合里说我们的坏话。已经有一个疯子死在"自己家"的房东太太此时担心警察会突击搜查一直受到恐吓的工会领导。如此，我被视为一名领导，尽管既没有领导的嗅觉，也没有领导的气质。只不过我很闲。其他人花在爱情乱局或家庭生活上的时间，我都节省下来用于完成大部分工会任务。在一次会议开始时，我抱怨几位同志迟到。其中一人反驳说，我的准时并非一种美德，而是我性生活缺失的直接结果。他当时说的是"感情生活"，但我听到的是"性生活"。我记不清了。他或许说的是"性生活"，而我听成了别的什么。这无关紧要。无论是对灵魂伴侣还是肉体盛宴的追求都没有占用我的时间。我当时也放弃了写一首长诗的念头。人不该难为自己。没有叙述的支撑，我无法强求词语独自成文。在小说中，我找到了某种消失的策略，与内心真实表达这一想法的某种决裂。我将自己对赞美诗的向往改换为对壁画的追求。

在我离开膳宿公寓后，我跟"长辈们"就不大见面了。我投入到一部严肃书籍的写作中，书的主题围绕着城市的一个街区在四十年生活中所经历的四个阶段。初期，它曾是一个名副其实的生活艺术的楷模，那里的居民全都相互认识。然而，经济像一块地下的溃疡，逐渐侵蚀了礼仪所倚赖的根基。最早的居民突然意识到他们变成了这一初建群体最后的几名留守者。街区陷入贫穷。但事情还是有好的一面。它在第二个版本中变成了一个贫嘴、乐天的街区，汇集了众多玩色子的、说故事的和弹吉他的人。人们去那里是为了寻开心。在政治压迫最严酷的时期，当没人敢再呼喊、大笑、奔跑、跳舞、过于悲伤或过于快乐、在公共场所表现出怀疑或忧郁、用红色描绘生活、自言自语、练习格斗、夜晚外出数星星、向一个孩子或亲属透露自己私密的想法，这个街区却抵御住了沉默的疫病。然而，在独裁统治期间，年轻人不会以被杀害的节奏成长。在街区的第三时段，当一扇窗户的窗帘晃动时，窗帘后能看到的只是一张老人惊慌的脸。当我开始撰写我的小说时，街区再次变迁，并已丧失它往日的所有雄心。我追踪着它在城市与贫民窟之间奇特界线上的摇摆。在每一章结束时，我都会去探望"前辈们"，向他们证明我的确在埋头工作。周一至周五，拉乌尔不再么频繁出门。但他继续他的周六散步。他已经将卡拉德树林墓地添加到他的任务路线图上。出租车司机们从不抱怨。尽管从公寓到树林，从树林到市中心，从市中心大公墓再到郊区墓地，路程委实不近。而雨水还时常冲断桥梁。在雨季，土路泥泞湿滑。在旱季，尘土在你的嗓子眼里打结，张开嘴要说话时，口中会有一种刚刚嚼了粉笔的感觉。我和拉乌尔一起聊着公路、当前的天气、工人的生活状况。我们从不提起外国人。历史学家不再直接对着瓶口喝酒了。他保留了酒杯，像先前与外国人共饮一样。一杯给朋友，另一杯给他自己。然而，没有朋友造访。造访的只有他的周日女客，和闲暇时的我。我早已学会喝酒，每当我去看望他，我都会在院子里蜜莓树下跟他喝上两杯。第一口下去他就醉了，他的嗓音也便垮了下去。我要听到他的话，必须付出极大努力。我半蒙半猜他的词语，时常猜错。于是，对话也变得难以为继。外国人不在我们的话题之列。谈论我们想念的人是徒劳。我之前也从没对"前辈们"谈起令我远离角色扮演的那位少女，那些情感游戏在我当时看来——无论是出于愤懑还是谨慎——都是无聊和危险的。我应该说几个少女。因为我现在可以肯定，在较短的一段时期，我曾敲过不止一扇门。仅仅一段失败的感情经历是否足以让人如此长久地自暴自弃？应该至少需要两段，甚或三段。需要多少次的一生一世非你不爱，才可以永远地放弃这个念头？但人不会永远地放弃。今天的讨论围绕着作家在社会中的立场、责任和角色。我们又回到了这些早已遗忘了的东西。而听众中的贫困国家比例明显上升了。主持人随着主题的改变也改变自己的衣着。你也是，你也有所改变。那位殷勤的教授再接再厉，时常跟你讲话。这看上去并没有令你不快。你显得更加放松，不那么学生气,不那么忙着记笔记好为你的书友会总结出最有价值的作家信息了。你不那么忠实于你最初几日给人的那种稍显严苛的印象了。忠实!我还记得历史学家的开怀大笑。人应该忠于什么呢?外国人忠于一个梦。历史学家忠于一个失败,他的妻子忠于一个条件。拉乌尔……不,拉乌尔我们随后再说。他以极致的美好实践了忠实。他几乎挽救了这个词。词汇因其缺乏而不公。同一个词怎么能同时出现在拉乌尔和"那个女人"的嘴里!至于我,我自以为忠于谨慎,这让我逃避友情和女人的身体。然而,我今天觉得自己正陷入不忠。几近背叛自己。我应该感到害怕。在书写的同时,我的手此刻热切渴望说出:我爱你。我是否想要,为你,重拾赞美诗?

一晚，回到家，我看到历史学家的女客正站在我的门前。她没怎么变老。可以觉察到，她对自己的外表努力修饰了一番。而她的皮鞋快让她窒息了。她不是天生穿封口鞋的那种人，恐怕只有为了符合她想象的上流社会的服饰要求时才会穿。一个医生曾跟我说起过这种恐惧症，其患者数量不像我们以为的那么稀少，他们只要身体的某一部分被束缚在某一物体中，就会感到窒息，即使这一物体非常小。一双鞋，一个指环，一条项链。她或许就患有这种恐惧症。她既不飞扬跋扈，也不扭捏做作。她没有对我说，她犹豫了很久才决定过来。她并没有犹豫。如果不是异常重要，她是不会过来的，她也没有为打扰我而道歉。事情异常重要，我可以提供帮助，于是她就来了。我当时的住处位于一栋高层老房子内，老房子被切割成上千块以作公寓分别出租，我就栖身于其中的一个单间公寓里。上面，过道尽头。最后一间。我请她上楼。上楼梯时，她把皮鞋脱了。她的举动并没有令我诧异。即使我因此而震惊或错愕，这也不会让她动摇。她沿着过道走到我的房间，手里拎着皮鞋，微笑着，仿佛在说：就是这样。我错看她了。在膳宿公寓的院子里，她只是鞋子不舒服、脚疼。我们的确听到过她的笑声，她嗓音的回声也曾飘到我们耳边。一种清脆、毫不颤抖的嗓音。在我的房间，我没有什么可以与历史学家周日早上与她共饮的茴香酒媲美的东西。我只有凉水和咖啡。天晚了，但她想喝杯咖啡。她觉得我家很安静。安静，但没有膳宿公寓那么忧郁……她在搜寻一个总结膳宿公寓氛围的词……比忧郁更强烈。我帮了她一把，"凄凉……"对，就是……凄凉。特别是现在那边就剩他们两个人了。在她的街区，从没有一丝安静。这个词不存在于他们的词汇中。我们总是听到很多噪音。太多的噪音。但那里不……怎么说来着？"凄凉。"对，就是……凄凉。然而，她不是来聊她的街区的。她不是为自己而来。她来是为了罗伯特先生。咖啡很好喝，她想再来一杯。从小她就很能喝咖啡。为了避免在不应该的时候睡着……她来是为了罗伯特先生……她称呼他罗伯特先生，这令我有些气恼。她毕竟不是他的仆人，成年人之间，情人之间，是不能以先生相称的！她不是他的情妇，并不是因为她不情愿，特别是当他们年轻的时候，因为做爱并不是什么大不了的事，只要双方自愿，又一切顺利，是可以让人度过美好时光的，但他们之间从没发生过这样的事。在雷奥甘纳门[①]，人们称呼外来的人"先生""女士"。而她也一直称呼他罗伯特先生。她从十六岁开始就这样称呼他了，那时她接手了一位老

---

① 雷奥甘纳门（Portail Léogâne），海地首都太子港下城区的一个街区。

姨妈的油炸食品生意。他总是和一个朋友，雅克先生，一起来。他们买些炸猪肉、洋芋丸子和薯条，然后长时间边吃边聊。雅克先生很久以前就死了。至于罗伯特先生，他现在情况不好。我不知道怎么说，可是他嗓子里都烂了。他总是咳，咳出来的是血。罗伯特先生如果不上医院，会死的。可是他不去。他说他宁愿死在他的房间里，安静地，跟他的书在一起。在医院，人们会给他吃药，让他止疼，睡觉，"那个女人"就会趁机过来。他说，他不想让她在自己濒死的床前演戏。您知道他是个什么人，他怎么说话……我之前一直都不知道。我只觉得听不清他讲话。而且他也很少提到自己。就好像他身体怎么样都无所谓。"那个女人"？他的妻子。他这样称呼她。他在结婚以前不是这样称呼她的。她的名字叫伊莎贝尔。雅克先生当初称她"那个女人"，但那毕竟不是他的妻子。雅克先生可能也想喜欢她，他想要喜欢所有人，但他们合不来。雅克先生责备罗伯特先生只对冷美人有兴趣，因为他最早欣赏的女人都是历史书里的王后。他们之间有时会这样互相打趣，但没有恶意。雅克先生特别爱在对话里放辣椒，但那只是为了活跃气氛。他死后第二天，宪兵就找到我，把我逮捕了。在监狱里我学会了识字，为了他，也为了别人。出狱后，我又重操旧业，但罗伯特先生不再来了。他有好几年都没有再来过。我很想念他。他是那么会讲话。他们两个都是。他们可以整晚讨论我听不懂的事，至少开始时我听不懂。雅克先生天不怕地不怕，罗伯特先生有时不同意他的看法。至于我，我喜欢他们两个。他俩是同时到来的。我没得选。他们同来同往，想要只挑一个不是个好主意。有些人，当他们说"我爱你"时，说出的是一句可怕的话，因为他们只保留他们感兴趣的，余下的他们都会丢弃。两个人只剩一个，就少了点什么。然后，雅克先生就死了。然后，警察就来抓了我。我出狱以后，罗伯特先生不再来了。我有时在广播里听到他的名字。一次，他出现在电视上。他可能经常上电视。但我，我不经常看电视。一次，我在一份杂志封面上看到他们的照片：罗伯特先生和"那个女人"。是有关那对夫妇的广告。好像他们获得了一个奖或一枚勋章。但我其实没看内容。对不起，先生……我知道您写书，我不该这样说，但我不怎么看书。我识的字，只够让我不会像个白痴一样死去，仅此而已。雅克先生当初还想要给我一些书。但我不想要。在监狱里，提审的时候，他们问我都看了什么书，在雷奥甘纳门都有谁看书，那里的人都看些什么书？就好像我们过着奢华、懒散或是百无聊赖的生活，就好像我们用看书打发时间……我什么书也没看过。我知道的一切都来自雷奥甘纳门。对不起……当时看到照片上的他很幸福，我为罗伯特先生高兴。不能说因为我坐了两年牢，所有人也都该受罪。雅克先生，他知道罗伯特先生钟情于两件事，他的专业和"那个女人"。他随后又说——他总是要加上辣味——这两者其实是一件事,"那个女人"尽管美貌,但很冰冷,就像博物馆里的一座塑像。罗伯特先生深爱他的未婚妻。他甚至不敢说出她的名字,仿佛生怕被他的嘴玷污了。那不是爱,而是名副其实的崇拜。他无法对她说出:你这可是胡来。恋爱中的人可以原谅胡作非为。但怕只怕它变成一种习惯。当它变成一种习惯,就会让人失去分寸感,终有一天会犯下大错。一旦走得太远,就会让一切都改变。"那个女人"越界了。现在他厌恶她,他还拒绝去医院。先生,拜托您了……您得说服他。"那个女人"来了又怎么样!如果一个坏人去医院看望一个病人,那总不是那个病人的错啊。罗伯特先生,他付出的代价已经够大了,况且那都是很久以前的事了。他不听拉乌尔先生的话,拉乌尔先生自己身体也不太好。但您,他会听您的话的。他说,您就像他年轻时的样子。的确是。您一看就是个活在书里的人。我出狱以后,他不再来了,我以为他早就把我忘了。一天晚上,他回来了。他在我的名下开了个账户。当他告诉我这个,我以为他在开玩笑。他来之前喝了很多酒。以往,他从不喝酒。然而,他没有开玩笑。他开始说起过去,说起雅克先生、雅克先生的朋友们、"那个女人"、他的女儿,就像一个临死的人在总结他一生的失误。我们之间有个笑话。他俩跟我谈话。于是别的顾客很不耐烦,就给我起外号。他俩回嘴说,我是他俩的小女人,他俩要求别人在对我说话时要保持尊重。他俩笑着问我,我想嫁给他俩中的哪一个。那只是个玩笑。他俩那样的年轻人是不会娶像我这样的女孩的。但这句玩笑没有恶意。我回答，我爱他们两个，我不想选择。当我以为他早把我忘了，他那晚却回来了，罗伯特先生，他开始为过去哭起来，他一遍又一遍地说，就好像他真心觉得，雅克先生和他，他俩就该娶我。我很高兴他还记得那个玩笑。但他很伤心，也很严肃。在他心里，那不再是个玩笑。他想改变过去。这个念头也折磨着他。罗伯特先生，他没有现在，没有将来，只有一个他想改变的过去和他嗓子里的溃烂。这晚，他叫喊着说：他有一堆懊悔的事，现在就只剩下他一个人了，他不过是个懦夫，甚至没有勇气掐死"那个女人"，而只有这才是她应得的。

夜幕降临。她希望能留宿。自从出狱以后，她不习惯夜间外出。特别是现在借助历史学家的钱，她在一栋干净的房子里经营着一家日间小吃店。一些年轻人会来店里吃午饭，但雅克先生和罗伯特先生的时光早已不再。他俩那时候有很多想法。太多的想法。尤其是雅克先生。罗伯特先生总取笑他想要改变世界。想要改变一切。连爱的方式也要改变。雅克先生，他想要改变爱的方式。我劝过他，但没有用，我对他说爱情，就我所知的那点儿来看，每个人都有自己的方式，对于有些人，它简单明了，而另一些人却喜欢把什么事都搞复杂，有些人直截了当，另一些人少了花里胡哨的点缀就不满意，有些人能找到什么就要什么、有什么就给什么，另一些人因为宗教戒律而缩手缩脚，至于罗伯特先生，他想要的是一种让所有人都满意的爱情。她可以在我这里过夜。我会把床让给她。不用让，我们可以挤一张床。童年时，她从不独自睡一张床。他们三个人，有时四个人挤一张床。有时他们四个人没有床。一条走廊。一间仓库。一个街角。有时，只有一个床垫。这样的床垫，直接放在地上，比一躺上就塌陷下去、扎着腰生疼的铁弹簧床要好。雅克先生想要改变一切：睡在一张床上孩子的个数、爱的方式、面包的分配，成千上万的事。他的嗓音没有罗伯特先生那么好听，但隐藏在瘦弱小男孩外表下面的是一个十足的领袖。他责备罗伯特先生缺乏行动力，就像一个知识小王子被一个玻璃纸制的女人弄得神魂颠倒。为了打趣他，雅克先生向他发起一个挑战。如果有机会，你肯定不敢跟一个像玛格丽特这样的美女做爱。罗伯特先生回答，人是不能改变一切的，然后追溯久远的历史，好回避话题。罗伯特先生，对这类问题很害羞。只要一聊到肉体，他就不自在。而且，我在他眼里也不是美女。对我来说，这也没什么可气恼的。他俩总是不停地说些假装刺激对方的话。这是他俩相亲相爱的方式。送走最后一批顾客以后，我把炉子收到一间粮食仓库属于我的角落里。我打点好了仓库看守。我就睡在那儿。一天晚上，雅克先生来了。他让我帮他一个小忙。他解释了给我听。所以，我并不是不知道我做了什么。他跟我说话说了很久。我也说了话。雅克先生，他是个会倾听的人。最后，我同意了。我们出门去庆祝这事。当时，在雷奥甘纳门，有些人从不睡觉。有些人会站着聊足球聊一晚。还有人被外省来的卡车拉到车站，等待天亮再编造出一个目的地。色情旅馆从不打烊。站街女在下班之后，需要在姐妹的陪伴下喝点酒、吐吐苦水再回家。她们相约的酒吧是同行的两个前辈开的，她俩从十七岁开始就在一起了。她们入行很早，但这一行不适合她们。她们不太喜欢男人。她们应一个顾客的要求在一间房间会面。最后却把顾客丢在那儿，两个人走到一起了。她们没在民政官面前宣过誓，时不时也会闹别扭，但大家都知道她俩是一生一世的。人们叫她们"情侣"。女孩们会相约在"情侣"开的酒吧，跟朋友们倾诉自己的烦恼。还有快乐。进到酒吧里的还有吉他手，他们会弹一曲，喝一杯，再出去为路人演奏。路边停下一辆车，乘客们下车，点一支浪漫的曲子，给歌手留下几个硬币，再继续上路。乐手重返酒吧，用过路人给的钱喝上一杯，当他们的钱都花完了，就再上街演奏，等待下一辆车。雅克先生，他想要敬我一杯。没有人在看到我们并肩到来时感到不快。那对"情侣"招待我们的时候就像招待其他顾客一样。雅克先生没有局促不安，他也没有理由局促不安。在"情侣"开的酒吧，所有顾客都一视同仁。他像别人一样，就是个顾客，他喜欢这种平等的观念。我们不用去理会地位与出身。他很开心。我们走出酒吧，坐在街边听了几首歌。雅克先生想要点一首批判现实的歌曲，但歌手不懂这个词的意思。然后，我们在街区里遛了一圈。我充当他的向导，这让他发笑。他有点儿惋惜罗伯特先生没在。不止一点儿。我觉得雅克先生就是在一个女人的床上也会想着罗伯特先生。而且事实的确如此。他送我到了仓库，正好来了这样一个机会。那是我第一次跟一个上过大学的青年做爱。感觉没什么不同。很惬意。雅克先生以为他有必要说服我这不是罪孽。我禁不住发笑。上帝，如果他真的存在，我看不出这有什么可让他介意的。如果他真的拥有人们宣称他拥有的力量，那么我相信他应该是智慧的。这点，不需要看书也应该知道。爱，我从十四岁就开始了。避开拳头、疾病、怀孕。想要的时候就享受其中。绝不勉强。不是我穷追不舍的东西；但当我喜欢那个人，机会来了我也不会逃跑。没过多久，雅克先生就死了，我也被捕了。人永远不知道后面等待他的是什么。一个爱的夜晚，如果是两情相悦，就已经是赚到了。雅克先生，我很爱他。我也爱罗伯特先生。我很愿意嫁给他们两个。但只是在夜里。白天，他们总是说个没完，会妨碍我工作。对，两个都嫁。我很愿意。罗伯特先生把女人当成画像。雅克先生把女人看作社会运动者。我会让他们有所改变。每个人都有自己的规则。雅克先生说，规则可以改变。现在他们把他杀了。而罗伯特先生要是不去医院也会死的。

她叫玛格丽特。她既不是在一栋房子里出生，也不是在一个家庭里长大。她是雷奥甘纳门的孩子。没有闲暇去品味富裕阶层所谓的青春期这样的奢侈品，她很早便具备了幸存者所必备的小心谨慎和灵活的处事能力。她没有因为我们身体在床上相互靠近而感到不适。事实上，她是我所见过的心理最健全的人。令人不适的，是皮鞋。一旦感到自信，她说话直率、明确、百无禁忌。她睡下时花了些心思，免得占据太多地方，但当我们身体碰触时她也并不退缩。睡着以前，她还在说着：如果这是个机会……然而这不是，她既不懊恼也不失望，微笑着睡去，心无芥蒂，平静安详。

第二天一早，是她煮的咖啡。我看着她忙活。在牢里，他们糟践了她的身体。大家都知道那套程序：钳子、烟头、羞辱、性虐待、殴打、惊醒，再次殴打以摧毁所有抵抗，将人性化为乌有。她没有因此死去。她拾起自己的身体和理念。她的身体因活力充沛而美丽。我向她保证会去试试说服历史学家。去尝试。这对她就足够了。我的许诺让她宽慰了许多。我这夜一部分时间花在修改小说的校样上。我将以作者的身份出版这部书，这是当时流行的做法。在不到两周以后，它将被付印装订。人们将可以在书店购买、阅读、评论它。她打量着四散在桌上的稿纸。您没什么条理。罗伯特先生，他是个很注重细节的人。他总是按照时间顺序把事情分门别类存到脑子里。雅克先生，他没有条理，但他对很多事都有想法。他试着把这些想法结合在一起，还称之为他的系统。他总是穿着过于肥大的裤子，还老是把书忘在长凳上。他说，他永远无法跟像"那个女人"那样的人生活，她脑子里也有自己的规则，而这绝不是和他相同的系统。但罗伯特先生反而觉得，正因为他们的不同，雅克先生和"那个女人"可以成为很好的伙伴，况且无论如何这也对他们自己好，因为他还有需要做的研究，一部需要撰写的著作，他可没有工夫花在调停他所爱的女人和他的挚友之间的口角上。雅克先生，是个名副其实的魔鬼。倒不是因为他坏心眼。相反，他追求美好。他不停忙碌就是为了寻找美好。罗伯特先生，他人好得看不见丑恶。婚礼当晚，在婚宴结束后，雅克先生穿着他的证婚人正装，依旧来到雷奥甘纳门买油炸小吃。我没去参加婚礼。那些礼仪，那些皮鞋。而且怎么知道在应景的面具后面谁是真正开心的呢！罗伯特先生很开心。是他自己在多年后告诉我的。如果我当时知道，我会去参加的。为此我得付出一些努力，皮鞋、裙子、痴呆了的老先生和上流社会妓女。但为了爱，勉为其难也要做。罗伯特先生总爱拖得太晚才把话说出来。他对他的偶像是盲目的。"那个女人"是个偶像。他对她的所作所为视而不见。随后，他目光回望时才难过地发现，时间没有停止。雅克先生，他想要让我去参加婚礼。仅仅为了让那些体面家庭难堪。雅克先生，虽然头脑严肃，他也还是个孩子。与罗伯特先生相反，罗伯特先生总是那样一本正经。对不起，先生……我总提这些过去的事。您知道，他想念他的女儿。他很想认识她。他最大的恐惧是她会对他有不好的看法。但他从没试图哄骗她或是告诉她。这是"那个女人"和他之间的事。他时常问我，我是否因为他没能坚持到最后、把她掐死，没有在获知一切时把实情告诉我而怪他。我能怎么回答呢？"那个女人"是否该死？是该死。要杀死她的人是否应该被判刑？不该判刑。然而，我们也不是非要杀死她不可。也不必因为杀了没杀死而痛苦自责。如果他当初告诉了我实情,我会转告那些幸存者。他们或许会复仇。他们,可能会杀人。罗伯特先生,他不是天生会掐死谁的那种人。他天生是个讲述过去的人。我的顾客里有他以前的学生。他们说,没人比他更会讲述过去。他在某天停止了讲述。除了对你们,他公寓的朋友。他爱你们三个。他常说,拉乌尔先生是某种圣徒。就连另一个总是对他凶巴巴的人,他也爱。至于爱,我指的是在床上做的,他不敢把损失的时间弥补回来。他很内疚。就是因为这个,他停止说话,停止感觉。有点儿像他割掉了自己的舌头。和剩下的东西。他无法原谅自己。因为很多事情。因为曾经错过了当下,因为曾经爱过"那个女人"。还因为仍旧爱着她。罗伯特先生,无法原谅他在自己的爱情上不能真诚面对自己。他欣赏您的诗,但他选择什么也不对您说,原因在于这些诗的主题。爱情,可以是美好的,但也可以是卑劣的。罗伯特先生,他这么想。

我们喝完了咖啡。她将回到雷奥甘纳门，我要去往膳宿公寓。她不想叫出租车。她更喜欢走路。她曾在一间牢房里度过了两年。两年中，她无法朝一个方向迈出六步而不撞到墙。于是，当她有机会补上那些失去的脚步……就算是穿着这样的鞋……我有个问题。"那个女人"，她做了什么？她干的好事？只有最混账的混账才能理解！罗伯特先生太爱她了，所以花了很长时间才明白。是她杀了雅克先生，还有其他人。是她把我们揭发了。因为她，他们才跑到我的小吃摊抓我，在广场上当着顾客的面打我。也是她，杀了罗伯特先生。从他明白是她的那天起，他就不再真正活着了。可我知道，只要进了医院，他就会找到对您口述历史的力量。所有的一切都在他脑子里。这也是他所剩下的一切。罗伯特先生，他选错了人生。唯一能够救他的，能给他带来一点幸福的，是一份他能在其中讲述他另一个人生的假遗言。他日后一直幻想的人生。一个虚假的回顾。回顾，这个词是他教我的。罗伯特先生，在他的沉默中，知道这样的词，非常美的词。在跟"那个女人"生活的谎言之后，他剩下的只有与我们一同度过的那些夜晚了。他忘了将它们作为他生活中最美的夜晚记录在他的历史书里。美好年代的雷奥甘纳门。尽管有那些烦恼。我们开心地笑过。相亲相爱过。不能让后来发生的滥事使我们忘记这一切。

我的童年充斥着失踪者、入狱和出狱者的传言。每天都有人在低声咕哝着进出者的名字。进去的大多是横着出来的。一些工人、接生婆、商人。一些大学生和共济会成员。一些愤怒地大喊"够了！打到这一切！"的公民。

在我们决定建立一个新教师工会的那个时期，风险已经很小了。我们当时都知道工会运动的历史。它的失败。它的那些英雄。我们的尝试并非毫无风险，但杀人的速度已经减缓了。他们有点儿松懈了。在以前，一切都要严酷得多。他们将反抗扼杀在萌芽中。他们杀蛋，杀鸡，杀大人，杀孩子。他们杀危险的人，也杀无辜的人。没有无辜的人。所有活人都被视为危险的人。甚至那些作家。独裁政权是我们最忠实的读者，我们最严厉的批评家。它们知道如何识别出会对历史快速遗忘的那些人制造麻烦的书籍。

虽没有同样的感受，但我可以理解今早那位老诗人对新规范的愤慨，这些规范认定作家要想体现出自己的价值就必须放弃理想和为之奋斗的目标。他用陈旧的词语推翻了当前的笃定，主持人费尽全力才平复了现场的情绪。我在这场奇怪的论战中朝你看去。你听着，你的脸却没有透露你在这些问题上所持立场的任何蛛丝马迹。这一切有必要吗？每个人都写对自己来说必要的书就好了。我今天可以写一本让你一丝不挂的书，一本你在里面赤裸着行走的书。而我也会赤身裸体，从我向你讲述自己的这个意义上说。我本身可以讲述的东西不多。我应该不会将这些东西写出来，宁愿满足于那些谈及其他主题的替代作品。我说得太快了：我们不是总能写出对我们来说必要的书。而赤裸有时需要付出过高的代价。在外国人讲的故事中，有一个关于一对男女的故事。他们并不算是情人，因为各自在欲望对象和分享观上发生了误会，他们的关系就此转变为仇恨和蔑视。为了取悦这个男人，女人向他展示了自己的胸部。事后她对自己的行为后悔了，觉得自己付出太多了。他本不是自己的情人，只是个她交往不深的二流画家。于是，她对这个男人丧失了全部尊重，开始粗暴地对待他，用刻薄的话羞辱他，指责他偷窃了她的东西。而这个男人，在看到实物以前，曾画出了他梦中这个女人的胸部。为了确认现实比梦幻更美，他坚持要她脱掉上衣。很可能他错了。强迫他人作出牺牲永远是错误的。在指责的洪流下，他停止描绘她的美丽之处，转而为她的吝啬画出一幅肖像。没人喜欢被归结为自己的某个缺点。故事结尾，女人收回了自己的胸部，男人则不再对其作画，他们也从此互不相见。如果他俩在一间画廊或一个街角偶遇，他们会回避对方，在苦涩中交换沉默。因为害怕苦涩，我或许不会写一本你在其中脱去衣服的书。尽管对我来说它是必要的。人们有时对他人产生误解，并永远无法从这种伤痛中痊愈。玛格丽特是对的：历史学家是被一个爱情错误害死的。

我跟拉乌尔说好了。我们不征求历史学家的意见就送他去医院。他不会有选择的机会。他已经卧床不起两天了，头部只在需要朝着一个血与黏液半满的痰盂咳痰时才移动。我们给他擦洗了一下，换了身干净衣服。当我们要给他穿皮鞋时，他坚决抵抗，我们只好让他继续穿着棉拖鞋。拉乌尔预定的出租车将我们拉到大学附属医院急救室的门口。车开不过去。拉乌尔和历史学家等在车里。人们拥挤推搡着，仿佛即将进行一场大型足球比赛的球场入口。我最终挤到了前台。十个人同时对接待员说着话。所有人都说自己快死了。他对他们的回答是，他很抱歉，但他建议他们去别处死，急诊室已经无法接收病人了。全体医生和医疗人员，甚至包括我看见正在清洗地板、用永恒不变的动作喷洒消毒液的保洁员，都已经忙得不可开交了。我毫不犹豫地直奔急救室内最年长的一位医生而去，向他寻求特殊照顾。我对他说，罗伯特·安布洛兹教授快要死了，他就在外面，在急救室的门口，可他进不来。这位医生放下了正在为一名年轻医生包扎的伤口，跟随我出了医院。来到出租车里，他看着历史学家，仿佛那不是他所认识的罗伯特·安布洛兹。但他最终不得不承认，那就是他曾经交往、崇敬的那个男人的残骸。他做了一些基本的检查，总结道，他们这所医院什么也做不了。他取出一张名片，在上面草草写了几个字，给了我们一家私立医院的地址。我们到达的时候，私立医院里的人正在等我们。那位医生给他们打过电话了。在出租车里，历史学家不停咳痰，把衣服都弄脏了。我们看着他在两名护士的搀扶下消失在我们的视野里。一位专家，该医院的权威，不辞辛苦跑来告诉我们不用等了。安布洛兹教授会得到重症监护。他的情况危急，希望渺茫。但我们会尽全力。我很早以前就认识安布洛兹教授。我也读过他的著作。太可惜了！你们下午再过来吧。但我们情愿原地等候。等候大厅洁净、通风，近乎舒适宜人。时不时有身着便装、前来接班的员工经过。还有病人的家属。从他们的脸上可以读到诊断报告。一家人都在哭；从成人到年幼的孩子——一个亲人死了。一个男人对妻子说，得马上打电话给身处外国的那几个。马上。趁着还不迟。好达成协议——这让人隐约嗅到一场继承战。一个年轻女人含情脉脉地微笑着。她手上牵着的孩子也受到传染，微笑着——一个父亲就快回家了……拉乌尔取出他的小记事本。我可以看到上面的一些名字被画去了。有几列只剩下一个名字，他将其他名字都画掉了。我们等了五个小时，最终那位专家来到等候室，与我们坐了下来。这位业内权威无奈放弃。治愈的可能极小。事实上，没有可能，是咽喉，还有整个身体，几周，三个月，但我们会让他没有痛苦，他是怎样忍受这样的疼痛却不向人求助的,太可惜了,知识界前途无量的英才,博学多识,太可惜了……言辞是旧式的,话语却是真挚的。这位医生打算尽力让他临终时没有痛苦,他又哀叹了一阵,在起身回去照料其他病人前,再次为自己无能为力而道歉,为让我们等候而道歉。事实上,他们曾想要联系罗伯特的妻子,但这让他狂怒。他们费了很大力气才让他恢复平静。你们联系她了吗?没有,罗伯特很肯定:要死的人是他,付账单的也是他。那是个多么美丽的女人……太可惜了。他们曾是一对神仙眷侣。整座城市都嫉妒罗伯特……顺便问一句,你们有一个叫玛格丽特的人的联络方式吗?你们能联络到她吗?他说,他的家人,就是你们二位和这个玛格丽特。你们现在可以去看他了。他有意识。但不要待太久。还有尽量让他少讲话。

这是一个小男孩的故事。他在一间书房里度过童年，爱上了历史书插图中美丽女主人公熠熠生辉的画像。他被获准每星期上街散一次步。于是，他趁这个一周一次的机会寻觅一个美丽的小姑娘，而她应该可以与那些公主和王后媲美，那些伟大的男人为了她们可以发动战争、盗取金羊毛、潜入地狱挑战死神、面向苍穹筑起空中花园。小男孩在他家街区附近几座房子的门边停下脚步往里看。那些母亲正在教授小姑娘们如何展示自己的优势，如此早早为缔结良缘做投资。可那些小姑娘只是一味哭哭啼啼，用娇滴滴的声音说着话，完全无法令人产生尊敬。而且，她们的脸上也缺乏那些画里的纯净。于是，小男孩便专注于欣赏那些书中的女人。夜晚，他的梦流连在那些美丽的面容之间。清晨醒来，他打开书，翻到上次看到的插图，欣喜地发现那些美人没有丝毫改变，她们在阳光照耀下明艳动人……

这个故事，外国人应该知道。令他肃然起敬的不是那把刀。外国人不是那种见到武器就逃跑的人。历史学家肯定把这个故事讲给他了。拉乌尔应该也知道。我属于较晚的一辈。于是在一间医院的病房里，我从一个垂死者的口中听到了这个故事。在一个角落，一个少女也在听。男人不知道她也在场。他无法转头左顾右盼。他只能朝正前方看，应该说朝正后方。他曾经有个朋友。没有一对要好的伙伴就没有真正的故事。故事永远都从亲密无间的挚友开始。

……小男孩在学校遇到了另一个小男孩，他们成了好朋友，他俩形影不离，仿佛是在践行"对立统一"。放假的日子，好友将小男孩带到不同于他们居住环境的街区，城市中隐藏着的城市。好友很喜欢这些街区。而且他越大就越喜爱这里生命的气息。而长大成人的小男孩此时仍在锲而不舍地寻觅着比他儿时书上的画像更美的那个少女……

外国人本该讲出这个故事。一个像所有其他故事一样既平凡又独特的故事。对于旁观者它是平凡的。对于当事人则是独特的。所有爱情故事都从误解开始。一个男人曾寻觅一幅画像。在一场鸡尾酒会上,他找到了。有时,画像会变动,转化为与之相反的模样,丑陋的模样。这个道理,无论哪个说故事的人都知道。两个小姑娘行走在一片树林中。她们来到一条河边,看到两个大相径庭的生灵。一个美貌非凡的女人坐在那里,脚泡在水中,有着秀丽的长发和悦耳的嗓音。一个驼背肮脏的老太婆,背上布满了脓包和疮痂。两个人都拿着一把梳子。帮我梳梳头吧,美女说道。帮我挠挠背吧,老太婆说道。较为天真的小姑娘被老太婆吓坏了,逃开去梳理美女的头发,任自己沉迷在她温柔的歌声中。另一个小姑娘则决定帮助老太婆。两个小姑娘也大不相同。一个很爱美,另一个乐于助人。通常来说,孩子们都很聪明,能够猜出这种圈套。他们知道应该挑选老太婆。因为美女的发缕会变成蛇,老太婆的疮痂则是小金块。但讲自己故事的男人并没有学过这些。正如一位诗人所说:"他在影像的危险中耗尽自己的生命。"而他所爱的不是那个女人,而是她的美貌。他的好友曾告诉他:"说到底,你并不尊重她。

对你来说,伊莎贝尔(这一次,他没有说'那个女人')不是一个有着优点和缺点的女人。你没有帮她。她也没有帮你。"他的朋友是对的。他娶的不是那个女人,而是她的美貌。后来,当他用手攥住她的脖子,他没能掐死的也不是那个女人。那个女人,她已经死了。她甚至从未存在过。

……当小男孩成长为一个适婚年龄的男青年，他在双方父母的同意下每天都去画像家拜访她。当他觉得准备好时，他便向画像提出求婚。他拥有一些家产，其中包括一座乡下小别墅。很少有人知道这座小别墅的存在。这是他童年常去的地方。不久前他还带他最好的朋友去过。这座房子远离尘嚣。在这里听不到小贩的叫卖声、汽车排气管的爆响声，抑或令人哀伤的争吵声。他们可以在这里度假。而且，如果画像同意，男青年将邀请他最好的朋友前来，追忆童年，畅叙人生……

"没人知道有这样一座别墅。没人。"这个男人还能叫喊,尽管需要屏气凝神才能听到他的叫喊。叫喊不取决于音量,而取决于强度。那是一声具有叫喊的力量和满含悲苦的嘶哑喘息。这个男人瘦了很多,几乎只剩下皮包骨头。人们总以为他软弱,但很少有人能忍受这样的病痛煎熬。他的几位医生说,他们无法理解,那疼痛必然剧烈可怖,他是如何带着咽喉的这块伤口而不求助的。一直以来,当他倾听着外国人的故事,当他诵读着我糟糕的诗作,他必定都在默默忍受着疼痛。然而,这疼痛是双重的。这个在病床上叫喊并不时停下咳痰好勉强找回片刻呼吸的男人,事实上在利用一种疼痛来对抗另一种疼痛。

……婚礼那晚,当男青年为画像宽衣时,他得到了确认:从头到脚,她的确是大自然能够造就的最美的人。他忘却了对那些王后的怀念。他找到了可以与之媲美的人。在卧室里,她任由他为所欲为,漠然处之,正如某些王后可以做到的那样……

"她从没喜欢过爱。当我得知她的所作所为,我想伤害她,为他们报仇,用话语羞辱她。你从没喜欢过爱。如果你真是人类的话,你就该跟另一个男人试试,或者找个动物也行,好知道自己到底喜不喜欢。"男人孱弱的嗓音重演着这一幕。可以听到画像答道,她始终在履行妻子的义务。她所做的一切,无论是在床上还是其他地方,都符合我们夫妇、我们家庭、我们孩子的利益。男人继续呈现这一场景。他叫道:不要把孩子扯进来。他不知道他的叫声已经吵醒了女孩,她吓坏了。这叫声令她惶恐。这是第一次。她从没听过他叫喊。她妈妈曾因为园丁的穿着对于他的工作来说太过讲究,以至于容易让访客误将他当作家庭成员而决定将其辞退。这时小女孩曾向父亲求援,因为她很喜欢这个告诉她各种花卉名字的园丁。男人不高兴,因为他也喜欢这名园丁,但他没有叫喊。当妈妈对他说,他身上穿的套装不合她的意时,他便上楼更换,也没有叫喊。最终,他喊了出来。所有这些积蓄的叫喊沉入他溃烂的咽喉。男人继续重演这情景,却浑然不知女孩正在看着他,听着他说话,心怀恐惧,两次都是。第一次她不知道为什么,那是当她藏在楼梯上方,看到男人将画像推倒在桌子上,手指卡住她的脖子时。第二次，就在男人耗尽所剩无几的力气重演着这一幕的此刻。但那并非相同的恐惧。今天的她为他担忧。如果当初他学会发怒就好了。男人现在发怒了。这愤怒令他窒息，从字面意义上也是如此。他开始咳嗽。不可治愈的咳嗽。他想要坚持说话。但做不到。他想要讲完这一幕，结束他的叙述。他知道他的嗓音正在死去。他想要说话。嗓音却弃他而去。他咳嗽。咳嗽。咳嗽。他的咳嗽冲出病房。他的咳嗽穿过楼道。一群护士赶来救助。

……当时一个暴君在实行统治。男青年的好友患有一种高贵的疾病：骑士特有的性急。那是个反君主者，他组织了一群平民和乞丐，与权贵斗争。暴君召开会议，在船东和食利者的建议下，他向军队下令填充万人冢……

医生强调，不能再讲话了。要保持平静。尽量多休息。但紧急情况一经结束，男人就想要完成他的讲述。这是他对自己的交代。彼时，他还在凝望画像。他知道有人失踪，在某些城市有时一家人全部消失。然而，他对这些都只是一耳进一耳出。他迷失在自己的研究中，晚上回到家，他凝望一阵画像便将自己关进书房。他已经不再享受与她做爱了。她从来都一动不动。经常看上去心不在焉，却也并不表现出任何不快。那是一幅在履行义务方面有求必应、认真负责的画像。他从没花时间与她聊过人生。对此，他也很自责。她将他丢弃给他的书房，他则将她丢弃给她结交的其他画像。她的确结交了其他画像，不如她美，但同样冰冷，她们组成了一个高品德贵妇协会。在肉体方面，男人很快就不再烦扰画像，转而接触一些女大学生。有时，他还会陪他的好友去雷奥甘纳门。好友很少来他家。一晚，夜深人静的时候，好友敲响了大门。我给他开了门。他对我说不要担心。没人跟踪他。"那个女人"，她在卧室。我在书房接待了雅克。我把乡村别墅的钥匙给了他。没有别人知道这事。他笑着指出我还留着小时候的那些旧书。临走时，他对我说，玛格丽特问我好。你知道，玛格丽特，她也很美。那是我最后一次见他。后来，我知道他们用酷刑折磨他，他们为了取乐多次假装处决他，最后再杀害他。我也知道了玛格丽特的事。轮奸、殴打、钳子。几年后，我女儿快五岁时，在一个军政圈的晚宴上，一位军官征求我的许可，和您的妻子，世界上最贤惠的妻子跳个舞。她救了您的命。我们知道您和某人的关系。我们也知道您并不搞政治。只不过是交友不慎。她是这样向我们解释的。主要是，雅克的一些朋友，包括那个女商贩……还有那座房子……关于这个，既然您现在已经安全了，您可以如实告诉我，他跑到那里躲起来是真如您夫人向我们保证的，是他自己的主意，还是您冒险将他藏在那儿的？我们的人曾经跟踪您很长时间。您不像是敢于冒这么大风险的那种人。

在车里，我什么也没说。雅克曾跟玛格丽特度过了一晚。他俩在夜间漫步。然后做了爱。在一间库房。在一张铺在地面的床垫上。他们四周围绕的是一堆堆的货物。我情愿付出一切换取这样的一夜。为我换取一夜，为他换取一条命。让他继续活着。让我们两个人都跟玛格丽特结婚。付出一切？可我一无所有。除了一个被画像变成画像的女儿。我要杀死她是为了我的女儿。为谎言。为我找错了母亲。为没有去爱真正可爱的。为雷奥甘纳门的那些吉他。为了那些从白铁皮着手边做边学的吉他匠人。为了他们向木材的进阶。为了那些能将就弹出音乐的旧铁丝。为了雅克的笑声。我一直不好意思看的玛格丽特的身体。和当她觉得我们——这些大学里的先生——很复杂时发出的笑声。爱，是简单的。我可以爱你们两个。不是永远。而是随缘。为了幸福的简单，那是日后回首，当一切已成追忆时才会意识到的。为了"情侣"在一场漂亮的口角之后重归于好的幸福。为了她们以爱的名义请客人们喝的免费酒。这免费酒，我没有喝。雅克和玛格丽特一起喝了。至于我，我只造成不幸。我协助丑恶践踏美好。我，已经死了。那晚，我想要因摧残生命而杀了她。但她并不是独自完成的。我是她的帮凶。我想要为我们悲哀的身体和万人冢里雅克的尸体杀了她。我缺的不是力量。我对你发誓，她已经死了。我看见女儿正看着我。像她母亲一样美。惊恐万分，但那么美。我对自己说，大自然不能同样的错误犯两次。历史——我付出惨痛代价才知道——不是像某些白痴所想的，是一个周而复始的永恒循环。我离开了。我应该把女儿带上。把她救出来。我们将行走在夜空下。我们将会说起星星，说起雅克。我会跟她说起雅克和他那些疯狂的念头。说起我最后一次见到他的样子。说起他最后的微笑。说起他徜徉在梦中朝死亡走去的潇洒。说起他为了跟乐队合奏一曲从缺了牙的老行吟诗人手里借的那把吉他。我应该把女儿带上。让她远离冰冷。玛格丽特会教给她如何爱。如何自卫。如何在脚疼的时候脱掉皮鞋。我们的脚是如何用来走路的。她将会学到雷奥甘纳门吉他手们的乐曲。这奇特的乐曲，既伤感又欢快，忧郁下隐藏的希望，希望下饮泣的忧郁。她将学会如何凭空创造曲调，又如何用极少的物资过生活。她将有一双外国人的眼睛看世界。有一双玩色子人的眼睛，让每个数字都变成一个比喻：三十二，一弯月，七十三，一个吻。我应该把她带上。玛格丽特会斥责她，但绝不恶毒，只是让她免于堕落。然后，她将从女孩子们那里知道，一个自食其力的女人是个可敬的女人。她将会欢笑。跟"那个女人"在一起，我们从不笑。也不唱歌。有个女儿却不知道她唱不唱歌是悲哀的……

拉乌尔只进过一次历史学家住的重症病房。比起死人，他更受不了濒死的人。看着人死去是种难以忍受的煎熬。特别是，如果这过程很持久。连续数月，历史学家一直在死去。仍然占用我们的时间，享受我们的温情，让他很过意不去。他没有留下储存在脑子里的记录。他没有写出本该成为他伟大著作的这个雷奥甘纳门的故事。他没有成就玛格丽特的期待。历史学家就这样，没有满足任何人地死去了。前去向玛格丽特通报死讯的人是我。历史学家的女儿希望她参加葬礼。但玛格丽特没能出席。"先生，告诉她……我不会去的，因为皮鞋，而且我也不喜欢黑裙子。还有，告诉她，我很高兴她终于认识了她的父亲，尽管是在他死后。"

我的生命中没有"那个女人"一样的人。因为一直追逐某种东西却什么也没抓住，我也不知道我都错过了些什么。我想要握住你的手。为了知道。你的手冷不冷，如果我握住它不放，我、我们、一切会变成怎样？

历史学家的女儿常常劝我写一部发生在雷奥甘纳门的小说。一个美丽的爱情故事。却不知道,她父亲也曾这样要求过我。我今天想起这个提议。文学,在其疯狂中是否可以填补社会科学留下的空缺?一部雷奥甘纳门的小说。似乎是个不错的主意。以此纪念历史学家。为了他女儿。为了玛格丽特。为了你。

我大胆上前跟你说了话。只是你好。还有，明天休息时喝杯咖啡？对，一杯咖啡。也许是个幻觉，但你听上去不像是一幅画像在说话。如果我爱你，如果在咖啡中潜藏着某个希望，另外一些话语、另外一些动作，我们该让这扇门保持敞开。

　　愿你能来到雷奥甘纳门。愿你能带我探访你所有的自由街区。愿你冲撞我，我也冲撞你。

　　在相互颠覆中迈向生活。

拉乌尔

天不停止下雨，

人不停止做梦。

——马诺·查理曼[①]

被牲畜的吵闹声惊扰，阿尔米拉夫人伸出手指插入雾中触摸空气，抬起头在天空中寻找黎明。乌云包裹房顶，一直降到地面上。除了一片在等候中悬浮的湍流，什么也看不见。一汪海洋即将倾下。阿尔米拉夫人发现四面的天际已经消失不见，于是像以往一样倚仗天主的指引。她像个稻草人一样展开双臂，将母鸡和山羊赶到屋子里。随后她点燃了烛台，将椅子摆放在大水罐前面，目光投

[①] 马诺·查理曼（Manno Charlemagne，1948—2017），海地词曲作者、歌手、政治家。曾因反对杜瓦利埃独裁统治，在1980至1990年间被迫流亡；1991年返回海地后，又因发生军事政变两次被捕，获释后再次流亡。他在纽约、巴黎、蒙特利尔和非洲流亡期间创作并录制了众多在海地深入人心的歌曲。

入清水中等待着。她如此度过了一整天，不让滂沱大雨的回声分散她的注意力。晚间时分，整个村子在乡绅们的带领下来到她的门前，向她讲述发生的事。她亲吻了那个陌生人，仿佛他们是故交，并感谢了村民，但她以坚定的口吻禁止任何人（无论是哭丧妇还是司祭）举行葬礼。水罐说了：安德蕾米兹变成水的女儿了。任何人都不能为她哭泣。只有水才能讲述水的秘密。水为她打开了通灵之眼："我在水的镜面中看到你们没有看到的东西。我听到了水的话。安德蕾米兹从此以后将打开通路，不要哭泣。"村民们纷纷表示同意。既然陌生人用尽全力也没能救回安德蕾米兹，水神必定将少女留下了，为的是托付给她一个使命。阿尔米拉夫人没有回应人们的评论，将村民们打发回家，并邀请陌生人在她家过夜。她惊异于她的客人双手的厚度。这个男人并不瘦小，但那双比身体其余部分更为粗壮的手给人一种它能够握住一切的幻觉。但这只是个幻觉罢了，因为它毕竟没能带回安德蕾米兹。然而阿尔米拉夫人坚信，这绝不是由于他没有尝试。这个男人是个锲而不舍的人。当时村民们扔给他一条绳子，他却久久也不肯抓住。他倾尽全力想要救出安德蕾米兹。但水比他更强大。安德蕾米兹死了。阿尔米拉夫人对此毫不怀疑，她只是拒绝跟别人分享这个事实。她以为陌生人睡着了，便又坐回到那把椅子上，泪如雨下。当眼泪都哭干了，她站起身，朝里屋瞟了一眼，确定那个男人还睡着，看不见她。此时，她又回到水罐边，攒了一口唾液，吐到了清水中。但那个男人并没有睡着。溺死女孩的形象还在折磨着他。他当时看着她死去却无力施救。他看见水底有一些动物的尸体、一袋袋的食品、乘客们的行囊，然而毫无"神灵"的踪迹。他因为工作而走遍全国，但他从没遇到过一个游荡的神灵，也没见过点滴的神迹。必须将土路替换成真正的公路，在河上建起名副其实的桥梁。他觉得累了，怀抱着这些浅显的真理，他睡着了。

然而，第二天一早，当阿尔米拉夫人请村民们靠近、聆听她女儿传达水神的劝告并带着哀求的目光让陌生人充当见证人时，后者却迁就了。她请他面对水罐坐在她身边。安德蕾米兹在水下说话。他看见她了吗？是的，他看见了。他听见她说话了吗？是的，他听见了。安德蕾米兹作为神的信使，将向男女老少传达神的建议。而阿尔米拉夫人将把信使的口信转述出来。害羞、窘迫的陌生人仅无奈地表示认同。水清明透亮，连唾液的黏稠都已看不见了。村民们轮流接收水神的指示，然后表达感谢：谢谢安德蕾米兹，谢谢阿尔米拉夫人，谢谢先生。阿尔米拉说："安德蕾米兹，这是马里莉丝，你帮她看见什么了？安德蕾米兹，这是马尔塞罗，你帮他看见什么了？"安德蕾米兹为每个人都送上了一句话。一个巨人跌跌撞撞地走过来，挑衅着让人告诉他神的口信。人们闪开一条路，让这个气势汹汹的醉汉进来。一位老先生远远地站着对他喊道，神明是不会对一个打老婆的酒鬼说话的。这个大块头费力地穿过人群，嘲弄地说想听到神谕。阿尔米拉夫人被来者的粗暴和讥讽弄得很难堪，她考虑了几秒钟，搜寻一些词句和画面，努力挽回这神话。眼看醉汉要毁掉一切。这时，陌生人垂下眼睛，望向水罐里的清水，他决心要看见、听见，他读到了水的话，向众人复述了出来。神明通过安德蕾米兹的声音宣布，殴打妻子的男人将失去妻子，他将与全村村民结仇，并在某一天被他们驱逐，作为警告，他传奇的力量将离他而去。神明劝诫他应谨慎、克制。然而，这个人不为所动，他向前一步，指责陌生人不过是个假英雄，骂阿尔米拉夫人是个老疯子，进而要一脚踢翻水罐。陌生人见状一把抓住进犯者的手腕，他俩如此对抗了几秒。这个农民比陌生人更高大，但他无法挣脱双手。他筋疲力竭，屈膝伏地。见他跪了下来，陌生人拽着他疼痛的手腕，来到水罐前，重申了水神的话语，命令这名囚徒重复出来。阿尔米拉夫人严肃地看着。被制服者口是心非地重复，草草敷衍。陌生人说他语气不对，并迫使他从头开始。这个巨人这样一直跪在地上，就连陌生人放开他手腕以后，仍旧跪地不起。那个老先生扶他站起身，提醒他道，挑战神明绝对是不明智的。事情结束后，陌生人对大家说，他该走了，还有工作在等着他。阿尔米拉夫人同意。安德蕾米兹累了，集会结束了，该将陌生人送到车站了。出发时，阿尔米拉夫人将陌生人的大手握在自己苍老褶皱的手中，感谢了他两次。第一次全村人都能听到，感谢他为了救人而付出的努力和所冒的风险。第二次其他人都没听到，那是一个他俩之间用耳语封印的联盟。路上，村民们仍在说着那些左右着人们命运的事件、水灾、大自然的奥秘。陌生人急切地想要继续赶路。他开始思念基建工地上那些日常的动作。他已经不再听他的崇拜者们向路人介绍他，成百上千次地讲述他如何想尽一切办法搭救安德蕾米兹，并总结道，水神为回报他的勇气也赐给了他通灵的法力。他曾陪伴安德蕾米兹到水的深处，并看着她消失不见。所以，她对他说话是顺理成章的。村民们将他送到卡车旁，并最后一次劝他继续修炼自己的法力。为了让他们开心，他保证会继续呼唤信使，帮助那些需要听取神明和逝者建议的人。在卡车上，他先看了看自己的脚。他的鞋沾满了泥。水没有放弃。它需要很长时间才会晾干。接着，他看了看自己的手。童年的时候，他那些教会学校的同学时常嘲笑他。记得老师曾用一块展板讲解实物教学课。展板上有各种各样的动物。有几个学生觉得他的手像猩猩的手。于是，实物教学课就变成一场噩梦。所有人都叫他"猩猩"。一天，这门课上到一半，他用这双猩猩的手握住班上最魁梧同学的脑袋，他握得很紧，以至于当校长终于松开这钳子时，那个男孩已经停止了呼吸。十分钟后，人们才将他救活。从此以后，没人再给他起外号。是的，这双手真大，但在河里，溺死女孩那双纤弱的手却从他的手中溜走了。他自我安慰道，我们都只能尽力而为，然后便专心赶路。然而，无论他走到何处，他的传奇总是先他一步。总有人事先准备好仪式器具：一把椅子、一罐清水和一支烛台。总有人对他说："先生，我们知道您的事迹。我们知道水神的信使借您的口说话。我们的亲人有什么要说的？"在他作为卑微公务员的职业生涯中，他始终回避呼唤水神的信使。他是个朴实寡语、不爱撒谎的人。当他觉得自己还能继续工作的时候，一天，他的领导授予他一枚勋章和一张奖状。他的同事们都拥抱了他，然后他便回了家。房子很大。他独自居住。于是，他决定搬到一个小一点的地方住。因为一个单身男人不需要大的居住空间。他还养成了不时去墓园探望朋友的习惯。朋友的遗孀和孩子们都知道他的传奇，也都想要跟他们的逝者沟通。他很快明白，说出实情是无益的。阿尔米拉夫人哭了一整夜。第二天早晨，水罐里只有一点儿水和老妇人的唾液。但没人想听到这些。于是，他决定向生者传达死者的话。只需一个水罐、一点儿清水和常识。他只见过那个少女一次，在卡车上，然后又在水里。他记得她很美丽，很开心能回到家乡向母亲宣布自己有了一个英俊的男朋友并因此感到幸福。他没能救她。也没能忘记她。人类的轻信（所有人都是村民）提供了一个将她挽留在世间的方法。

我写得匆忙。时间与词语赛跑。研讨会临近结束。几个作者和某个时期、某个流派的专家已经陆续离开，应邀前往其他地方赴约。出于工作理由或好感而想要通信或再见面的人也都互换了地址和电话。会议室变得冷清了。女士们将庄重的职场服装换成了轻盈的连衣裙。主办方为我们组织了一次对历史古迹和工艺品商店的游览活动。我不大喜欢这类事先设定路线、脸上必然洋溢着幸福的团体出游。那位殷勤的教授拍了很多照片。如果他有孩子，他将会给他们带回一些风景的片段和一件廉价的本地手工艺品。十年后，他早就把自己在研讨会上阐述的那些理论都忘得一干二净。对他来说剩下的只有这些已经毫无意义、无法唤起真正回忆的照片。只不过，也许，那些能看到你面容的照片是例外。我祝愿他能够留住有你的梦。我能够留存至今的梦少之又少，有时我为这一贫乏而苦闷。没有哪张面孔可以充当我某个欲望的标识。我无法对你说，在哪一年我曾想要和哪个女人做爱，在哪个夏天我曾希望浸泡在哪片海中。作为聊天的话题，往事真实发生的过程并不重要，重要的是，无论成功或失败，它们在记忆中所呈现的样子。拉乌尔，我还没有对你讲述拉乌尔。或者讲得很少。也许因为他是"前辈"中最不学院派、最远离这个我长年居住的书籍世界的人——这个世界有时像是我的避难所，有时像是我的牢笼。我对拉乌尔的故事难以启齿。他在全国各地的旅行赋予了他某种外省人、乡下人的假象。我从来都不太迷恋乡村生活。比起蝉鸣，我更青睐夜总会的音乐。我喜欢各国的首都，在那里可以看到游走的夜晚绝望。有一天我会爱上花草、寂静吗？我会爱上你所爱的吗？我想回答会的。但怎么知道呢？有可能你什么也不爱。从前，历史学家应该觉得自己会赞同"那个女人"的欲望。外国人臆想出各种世界，并让美丽的女友们居住其中。拉乌尔却是唯一长期与女性交往的。人会爱上伴随爱的主体到来的一切。我是在一部小说里读到这句话的。爱的长短则要随缘。对拉乌尔来说，时间一般不会持续太长。他从一个城市到另一个城市，不招惹什么，也不承诺什么。没有一个女人留给他的时间长得足以演变成一种习惯。而当他的领导强制他退休时，他也不再对女人感兴趣，仿佛他的性活力和拥抱的愉悦始终都依靠他职业的滋养。在公寓的时候，他是"长辈"中最寡言少语的，当他开口说话时，他也不会到远方搜寻词句。那是一个行动者。他会潜泳，拆卸一个晶体管将它修好，让一个打老婆的自大男人屈膝投降，让女人达到高潮，但不信赖抽象概念，只提供实用建议。一天，他买了油漆，想自己将公寓的外墙重新粉刷一遍。外国人怕玷污了大衣，没有提出帮忙。反正世界是五彩缤纷的，只要到别处去就好了。历史学家只碰触自己的书籍、酒瓶和日常生活用品。还有那把折刀，那是他年轻时喜欢耍弄的。少年时，雅克教过他如何投掷飞刀。他们曾在度假小屋的花园里将树木作为靶子练习过……小屋四周有很多树……历史学家投得不坏，他在外国人辱骂玛格丽特的那个晚上想起了这招。然而，他不会刷漆。拉乌尔重新粉刷了墙面。而且是独自一人。我曾想要帮把手。他面无表情地看着我弄脏了自己的手指和衬衣，然后对我说，他一个人会干得更快些。拉乌尔是个行动者。我则难以付诸行动。昨天在酒吧，大家嘲笑一位十八世纪文学专家跑到底层社区鬼混。他醉醺醺地带着几件在棚屋地下工厂批量生产的小石膏雕像，志得意满地凯旋而归。他以为那都是有两百年历史的真品。行动为我们招致错误和嘲笑。就算写东西，也是危险的。外国人曾讲述过一个发生在某座大城市偏远城区的故事，故事中一个老头将自己的晚年时光花费在给街对面居住的一位少女写情书上。他时常坐在门廊下，沉浸在罗勒（他为自己的花草浇水，还在晚间睡觉前对它们讲话）的香气中，观察路人。大多数路人都很平常普通。他感觉不到想要认识他们、与他们对话的渴望。三十年中，他靠隐藏在一支麦克风后面谋生。他曾拥有一个小听众群和很少的朋友。三十年中，他一直在逗那些无名的陌生人发笑，现在他想要与人面对面讲话，与一个和他共饮下午茶的真人对谈，聊聊人生。他是看着那个小姑娘长大的。一开始她是个有着严厉父母、一脸怨气的小丫头。接着,她变成一个比她实际年龄严肃得多的少女,走路总是急匆匆,目不斜视以回避小流氓的目光。她正在变成全街区最美的姑娘。老头不是唯一一个爱看她的人,但他已经老了,说出一些事、考虑一些事的时间已经不多了。看着她,他感到一种沟通的迫切。他忘了对自己的花草说话。他找到了可以分享与他人对话梦想的人。于是,他着手给她写信,自忖书信对她不具有任何危险性。他从来都没有给人写过信,面对这一全新体验,他以新手的激情全心投入自己的文学中。而这一页页围绕着喜剧、晶体管发明前的广播、室内植物的香气、爱情的迷乱、老年与青年展开的书信令少女倍感忧虑,让她觉得这背后隐藏着某种邪恶的意图、某种病态。老头不很擅长写信,而她也不擅长收信。她在这词语的海洋中窒息。她不阅读这些信,然而光是知道这些书信存在,知道这些书信在一种可计算的科学无法使之正当的情况下向她发来,就足以让她被这书信的潮水吓到。然而,在有组织的社会,人们知道文字下面隐藏的危险,人们将那些病态的恶徒捆起来,投入牢笼。如果有条件,她也会那样做。但她既没有关押犯人的地方也没有工具。于是,她便将这些书信扔进他父母从集市上采购的批发面条和罐头的包装纸箱里。她在一所秘书学校学习,两年后她将毕业。她已经订婚,在获得毕业文凭的三天后她将结婚。他们夫妻将在第一阶段住在她父母家。接着会有第二阶段和第一个孩子,第

127

三阶段的其他孩子以及迁居。她已经为自己制定了人生规划和时间进程,她不喜欢老人,除了她亲生父母,因为他们鼓励她实现自己的人生规划。从收到第一封信起,她就告诉了父亲。她父母对老头的印象不好。在她父亲看来,他从没真正工作过,讲一些没头没尾的故事很难被视为一个真正的专业或体面的职业。她母亲隐约记得他有过一档子悔婚事件。当书信开始像雪片加速飘落时,少女再次告诉了父母,后者又告诉了自己的亲家。她也对自己的未婚夫说了。未婚夫又告诉了街道上的其他未婚夫。他们都认定这是"病态的"。少女给老头写了一张言辞生硬的字条,告知他们群体和她自己的判定:"停止,这很病态。"这个形容词比其他东西更让老头难过。他原本的职业就是逗人发笑。三十年中,他一直在晦暗的广播电台作单口笑星。他觉得逗人发笑、至少尝试逗人发笑是健康的。他对少女的全部要求只是让他有机会逗她笑,因为他早已过了性爱的年纪了。他在他的门廊下落座,在罗勒香气的灵感中,他给她写了一封信解释这一切。晚间,他惊讶地听到她敲门。他的花草散发的香气正适合迎接这位女访客。他以为她是来听他说笑话的。偶尔会有孩子找上门来,或是自己想来,或是因为老师布置了一项背诵作业。还有些孩子是因为听到他们父母或其他上年纪的人称赞这个每天下午在自家门廊下、罗勒的香气中打发时间的老先生。一小队仰慕者因为记得他的几个颇受欢迎的笑话。那是一些曾在他们人生艰难——穷困潦倒，一段深爱结束，一位亲人逝去——的日子听过他节目的人。他的笑话曾令他们暂时忘却了悲伤。多亏了他，困苦时期的回忆中平添了一抹微笑，而这些人可以说，不幸并非独自降临。一些他素昧平生的人偶尔会前来，与他坐在门廊下，跟他聊起往昔，向他表达感激。然而，少女来此绝不是为了欢笑，她尚不知道往昔为何物。她是在她父母和未婚夫的陪同下前来，为的是挥舞她的人生规划，解放她的信箱，亲口对他说："停止，这很病态。"正义者离开后，老头关上了门，用绝望的语气对他的花草讲话，打算将笔、纸和墨水都扔进垃圾桶。但他手头还剩下几封书信，于是他继续给少女写信，只不过不再寄送给她。鉴于晚年与青年一样，都不是永恒的，他最终死去，而人们在他书桌的抽屉里发现上百封信。老头的一小队仰慕者始终怀念着他在本地电台广播的光辉时刻，主动充当起遗嘱执行人，照料他的花草，并将书信带给了那位少女。然而，她拒收包裹。她甚至提出让他们将最早的那些书信也一并取回，她只是出于礼貌才保留到现在。少女、她的朋友们、她的父母、她朋友们的父母、她的未婚夫，他们作为整条街的一半居民，都没有参加老头的葬礼。街道的另一半居民，那些退休的人，梦想家，不期待孩子回报的父母，和那些小流氓（一直喜爱这个老头、不拿道德规范当回事、指责少女的未婚夫童年时是个让他们把本该通过团结协作赢得的比赛输掉的糟糕队友）都在当晚相约在街区酒吧的大厅内，为了再次提起老头、模仿他的嗓音、延续他讲的笑话、重读他的书信。半条街传递着他的遗产，另半条则拒绝。时至今日，这条街道的两方居民仍旧背靠背、脸对脸地过日子。时至今日，随便一个在偶然的指引下走进酒吧大厅的顾客都有机会在这奇特的夜间博物馆中读到那些"致一个什么都没明白的女人的信"。时至今日，陌生人边呷着酒，边闲谈那些退回和隐藏的信件中所唤起的倾诉的渴望和沉默的重量。

外国人在酒吧歇脚时翻阅了其中几封信。那些笑话不够好笑，但有些话还是挺有趣的。历史学家对这个故事没有反应。他从不对别人的故事发表看法。拉乌尔凭着他一贯的务实，想要知道那个少女是否真的有那么美：老年人总是爱凭空创造激情，在臆想中美化事物。外国人回答，他只认识半条街的居民，所以没见过那位少女，但信上说她美得无可挑剔。再说，他妈的，说她美当然就是美了，只有像拉乌尔这样的白痴才会问出这样的问题！

外国人曾说拉乌尔在公共服务部门轻松自在的这些年来始终戴在头上那顶鸭舌帽早就把他的脑子捂得瘫痪了。然而，拉乌尔不管是身体还是大脑都比其他两人更加强健。我甚至曾想象他可能会长生不死。而且，他也的确尝试过。他最近刚刚过世。他在大墓园入口处被一辆车撞了。我没有参加葬礼。因为我当时正在外地出席一场有关自传文学的会议。但我参加了守灵。在场的还有一大群妇女，有老有少。此外还有一些年轻人，容貌轮廓隐约与拉乌尔有几分相像。他以多种方式对世界采取行动。而我，却感到恐惧。

对，仅是写东西就可能变成危险行为。谁能预知另一个人的心住在街道的哪一边呢?

是的，我还在给你转述外国人的故事，仿佛这些故事是真的。他从没出发过，又有什么关系？他死后，我们在公寓时常久久地端详明信片，为了让他的生命持续。明信片都是拉乌尔从二手商贩那里买的，那些商贩彼时都集结在中央邮局的入口，与他们为伍的是几个将自己的画作摆放在台阶上的素人画家。拉乌尔挑选的总是一些极其遥远的异域风景照。外国人是从天涯海角来的，得到远方向他的回忆致敬。我们从没再提及与他哥哥的那通电话。我们也从没想要对他的"真实生活"了解更多。他的真实生活，我们都知道。里卡多·马扎然哪儿也没去过。这是一件我们已经忘却的事。一件平凡的琐事，一件无法改变事实的事。我们三个只想与他人分享我们认为值得分享的信息。历史学家让我撰写了一篇短文，他从一家大型日报总编那里为我们的朋友在悼文专栏争取了一席之地。文章公告了一位不知疲倦的旅者的死讯，他将头浸入蓝色、双脚最后一次踏上天梯时滑倒了。应该会有人读到。经验告诉我，东西只要印出来，就会有人读到并产生兴趣。如果那位老喜剧人将他写给一位想象中的少女的书信出版，街道的另一半居民或许会为有一位作家住在对门而感到欣喜。

我该给你讲讲拉乌尔了。给你讲讲他务实的一面。和他对谎言的理论。历史学家去世多年以后，玛格丽特又来找过我。她像第一次一样在楼门口等我。然后，脱了鞋，走上楼梯。我也像第一次一样给她煮了咖啡。她老了。然而，尽管有了白发，她的脸仍保留着某种俏皮和坚定的神情。从她眼中我看到，我们两人之中我是老得更快的那个。衰老通常只是个身份的改变。我打通了隔断，扩大了公寓。我的稿纸在办公桌上摆放整齐。我的书都在书架上排列有序：一层是同行题词赠送的，另一层是文学理论专著。小客厅，高保真音响。我变成一个事业有成的男人。她打量着我，试着说服自己，这一切身份的改变没有侵蚀这个人的内心。床也比以前更宽了。两个身体可以并排睡在上面而永远不相互碰触。"罗伯特先生，他信任您，他也许是个忧伤的人，但他不傻。所以，尽管如此，您肯定没有变。"她也没变，话语中还是混合着热情和淡定。她的嗓音流露出痛苦和担忧，但她保持坚强，仿佛绝不能让生活窥见她垂头丧气的行径。雷奥甘纳门已不再是从前的样子。"情侣"中的一个死了，剩下的寡妇也不会撑太久。她总是给酒吧的老主顾们讲述她俩的初次邂逅，以及她俩如何在站街多年后决定一起生活。然而，顾客对这些故事都了熟于心。而且，只有当两个人一起讲述时，它才是个美好的故事，她们的热吻、爱抚、紧扣的双手能够证明某种当下正在发生的奇迹。而现在"情侣"只剩下一个，它便不过是个伤感的故事，过去了的事，所有故事都将以死亡告终的证据。是在为自身传奇哭泣的死去的爱。整个雷奥甘纳门都在为自身传奇哭泣。高大的建筑替代了从前低矮的房屋，街边的歌手也因过度忧伤或是过度穷困而无法整夜演奏了。他们的嗓子很快就哑了，等不到天明便回到他们的小房间或棚屋下睡觉了。投资人（这是个崭新的流行语）买下了老旧的木结构房屋，取而代之以钢筋混凝土楼房。玛格丽特还经营着她的小吃店：雅克和鲍勃[①]之家。一些大学生常来光顾，但他们总是抱怨小吃店的服务和食品物非所值，他们的对话也没有往日的先生们那么有趣。他们只知道算钱，自己的钱，别人的钱，他们口袋里的那点儿和如果他们干这干那就能挣到的那些。雷奥甘纳门街区已不再是夜间绽开的那个稍显忧伤的灿烂微笑。它变得越来越像道伤疤。事物不会完全死去。有些晚上，还能听到一些迷失在童年的成年人开怀大笑。还有成双成对的恋人从此经过。魅力，是个可以找回的东西。雷奥甘纳门的魅力，是可以找回的。教给歌手们那些老歌，或者培养他们用适量的欢乐和一粒

---

① 鲍勃（Bob）是罗伯特的昵称。

让人想哭、让人想笑的尘埃谱写新歌。她不想走。她喜欢听大学生的脚步声，捕捉他们在大门前成群结队等待开店时聊天的只言片语。她有时相信自己听到的是罗伯特先生和雅克先生的脚步声。有一天，会有像他们一样的两个人来到这里，迈着同样的脚步，发出同样的话音，说着那些她一开始听不太懂、随后便如泉水般清澈的美妙话题。在她小的时候，她曾陪她的婶婶前往圣地寻觅上帝。那里有一眼泉水。她记不起那些祷告，但水很清洌。应该将这泉水从雷奥甘纳门的头上浇下去。她不想关门停业。有一天，鲍勃和雅克，他俩会回家的。她得让家门敞开着。为他们。为她自己。也为他们的青春。生活，会回来的。如果它不会回来就太可惜了。她不想关门停业。房东想要把房子卖掉。卖了，再跟雷奥甘纳门脱离一切关系。她只能买下或是滚蛋。她攒的钱不够。她联系上了拉乌尔先生。罗伯特先生死前曾对她说，感情的问题找作家，钱的问题，你可以求助拉乌尔。拉乌尔先生约她在银行见面。跟作家一起来。我愿意跟她一起去吗？她可以睡在我家吗？尤其是我有一张大床。我们的身体不会有碰触的风险。当她更年轻的时候，我没动那个心。现在她有了白头发，这种机会就更渺茫了。我得告诉您，不是没有喜欢白头发的。我没停，您知道。我时不时会跟一个过路人做。跟一个大学生或是一个老朋友。偶尔，当对方有点儿书呆子，抚摸的手也怯生生的，我会想起罗伯特先生。我会想象是他。通常我什么也不想。做爱就是做爱。是个我们事后会忘记的乐子。对于雅克先生，不需要想象，我们做过。罗伯特先生，是我唯一的遗憾。您知道，我没有太多遗憾。有些事发生了，有些事没来得及发生，就是这样。那么，为那些没发生的事哭泣有什么用呢。我这样告诉自己。一般来说，我能说服自己。然而，罗伯特先生，我做不到。于是，那些大学生，就是他的影子。您呢？您会想起他吗？会。我也会想起外国人。一个作家，记性会很好吧？不比您好。通常会遗忘，而且也不想去想象。我说这么多不会打扰您吧？不会，一点儿也不会。您呢，您不大爱说话吧？写作，也是说话。您的朋友，我知道他连城都没出过。他每天早上会去贝莱尔区闲逛。那是他的街区。他每天都去那里，站在他出生那座房子原来所在的地方。孩子们会因为他的大衣拿他取笑。有些街区他甚至都没去过。他总去贝莱尔，寻找他的童年。您知道他曾经有份工作吗？不知道。他父亲是个钟表匠。父亲死的时候，大儿子走了。他坚持了一段时间。继承了钟表店。可老人们说，他连个挂钟都修不好。于是，家业没落了，他的脑子也开始摇摆，开始漫游了。一天，钟表店起火了。老人们说是他放的火。他在城墙大街的一间小房间里躲了一阵。随后，他再回来的时候逢人就说他三次环游世界。但他其实连郊区都没去过。这些事您没跟罗伯特说过吗？说这干什么？再说，旅行总是好的。

玛格丽特情愿步行。我们走到了市中心。在路上我们可能遇到了几条狗。但这也许只是我记错了。在我现在居住的城市，无论去哪里都会在每个街角遇到一两条流浪狗。于是，它们终于四处穿行，甚至令记忆说谎。就像有些一辈子都没有在感情上获得成功的人，他们的期待始终停滞在首次的回绝。

在银行前，拉乌尔在一辆出租车的后座上等我们。那是他的出租车。退休以后，他买了三辆。他去外省雇了三名司机。他给他们提供一份工作，他们每人每周向他支付一笔固定租金。他每次需要出去购物也可以找他们。这些是玛格丽特告诉我的。她知道几乎所有人的所有事。几乎。她不知道拉乌尔是如何攒下这笔投资款的。我当时也不知道。在公寓的时候，我们从不聊这种事，除非是在我为了一首诗苦思冥想到天亮的时候。当我在院子里与他们会合，"长辈们"祝愿我有一天能够靠我的夜班挣得一点钱。

我跟你提起这一天，是因为那是我最后一次见到活着的拉乌尔。守灵是不作数的。因为他们给他整了容。而且我也看不见他的手。拉乌尔，最重要的是他的手。在出租车里，他将一个信封塞进了玛格丽特的手里。我们每个人的手都是天赐的，玛格丽特的手看上去是那么娇小，淹没在拉乌尔那双硕大的手掌中。他的话还在我耳畔回响：为了历史学家。仅此而已。然后，他让司机将我们带到商务区一家高档餐厅的入口。我不知道他经常出入这种餐厅。餐厅的宾客、内部陈设、服务人员冰冷的殷勤，所有的一切都令人联想起历史学家在逃到公寓前的世界。于是，我明白了。我们身处另一个罗伯特的世界。我们在此地的出现招致了一句反语。客人和员工都盯着我们看，仿佛在等候我们意识到自己判断失误后会转身离开。服务生向我们推荐了一张阴暗角落里的餐桌。当人们无法驱赶侵入者，便将他隐藏起来，这就是为什么城市里会建起贫民窟。离我们最近的桌边坐着一对躲避灯光的男女。女人很漂亮，男人对她满脸堆笑。他们像其他在座的客人一样，在窃窃私语。窃窃私语，这一令人不太舒适的仪式是资产阶级礼貌的专利，它在实质上必然具有某种重大的战略意义。大部分客人都在聊着交易、投资、利润。我们邻桌的两人，他们则在谈着通奸。男人的手指在桌布上滑动，终于碰触到女人的手指。她猛地将手抽了回去，回避碰触，慌张地环视四周。男人并不罢休。一段冗长的低声独白。故作轻松地确认没人窥视他们的同时再次伸出了手。男人的手指又碰到了女人的手指。这一次，她听之任之，仿佛无知无觉，不置可否。接着，她突然起身离席，朝洗手间走去。可能是为了权衡利弊，把所有事情考虑周全的同时下意识地洗洗手、照照镜子，再带着决定返回。玛格丽特也去了洗手间。她们几乎同时出现。一个，身着剪裁精良的套裙——量身购买的优雅，走起路来步履蹒跚。另一个，光脚。女人带着决定回来了。她不想把饭吃完。她让男人送她回家。她拒绝了他的请求。在车里，男人会再次纠缠、尝试，结结巴巴说出一切能说服她的话。玛格丽特希望女人会坚持自己的回绝。男人们有时以为，只要他们想要，女人就该跟他们上床。没人有这个义务……往昔进入了我们的对话。那是否真是往昔？我们谈起了活着的人和死去的人，外国人，历史学家，雷奥甘纳门；谈起了拉乌尔没能救起的那个少女，向村民隐瞒了自己的哀痛、将悲伤吐在水罐清水中的死去少女的母亲，一些母亲和女儿，还有一些父亲，在那座小房子里与音乐作伴的历史学家的女儿；谈起了大房子和小房子；谈起了面目全非的墓园（人们争相死去，活人忙不迭地埋葬死者）；谈起了昨日的歌曲；谈起了医院山脚下、大山始终没有倾倒在上面的那些小屋；谈起了外国人厌恶的"蓝色，蓝色……"这首歌，但怎么知道他真的厌恶什么，他给我们讲述的那些故事，老笑星写给街对面那位少女的书信；谈起了那些街道（总有两边，但两边不一定平等），人们的认知和真实情况之间的距离，拉乌尔在公共事业部门工作的那些年；谈起了历史学家的那些书，他女儿每周将它们从箱子里取出一次，让它们透透气。所有这些人和事——不一定相处融洽，有时互不相让，甚至彼此对立——组成了一条路。

一条路。一条奇特的征途。我们想要知道它的尽头或目的地,却是枉然。我们谈着这些和其他一些事,直到出租车司机回来。拉乌尔请他跟我们喝一杯。他不肯。他已经查询到了所有信息。"有人在等您,拉乌尔先生。"拉乌尔说,让他们等等挺好。他结了账,服务人员看我们的眼神变了,可能是因为小费。或是玛格丽特爽朗的笑声太具有感染力,她笑着先行向大门走去,每只手拎着一只鞋。

谢谢。历史学家生前曾说应该随时道谢。这不是个礼貌问题。历史学家才不理会什么礼貌。他早就把与家产相配的优雅举止都留给"那个女人"了。"别人不必在你经过时停下脚步，也不必朝你走来。只要以一个手势或一句话表达出他们愿意对你驻足或向你移步就足够了。"他这个想法是从他的朋友雅克那里借鉴来的。他讲话的时候，时常会援引雅克的话。他的体内有两个人。但我们中又有谁能自称体内只有一个人呢。你是几个人？今天，你是这个我对她道谢的女人，因为她接受了与我在酒店吧台共饮一杯的邀请。明天，你还会是同一个人吗？你看上去对阅读我正在创作的小说手稿感到很荣幸，仿佛这是个特权。阅读是个负担。那个少女早就明白了，所以她才不去阅读老笑星的书信。街区酒吧的常客们不该称她是"什么都没明白的女人"。她其实早就嗅到危险了。

在你看来，我是一个生活安定、想要跟你分享某种兴趣爱好的男人。你将地址留给了我，我向你保证会将手稿寄给你。对你来说，我们即将开始的是专业人员之间的友情。但我不会将手稿寄给你。明天拂晓，我会将这摞手稿放在你的房门前，既不告诉你我从没写过这么快，也不会告诉你这是写给你的，既不会透露这部在你眼中可能是部蹩脚小说的作品是因你的出现而诞生的，也不会让你知道，只有将它送给你，不是将它当做一部书——某个可以在专卖店买到的物品，而是作为你我之间除去这扇我不敢敲响的门以外没有任何障碍的秘密对话的提议，这一切才有了意义。

我们聊到了这场研讨会，我发现你的声音比你的话语更年轻。我还注意到你读了很多书。你承诺会把你的评论寄给我。我从没如此急切地等待过什么。你对什么的评论？对我。我是书写了这些文字却与其内容无关的人。它的内容，到底是什么呢？这部书是空的。它只包含了一个愿望。只有当我们相互了解了，我才敢于对这个世界冒昧产生一些想法，点滴人生真谛。眼下我只想充当对这三个男人的回忆，我对幸福的追求所知不多的那点东西都是从他们身上学到的。对失败也是。聊爱情，难道不是开启对幸福的讨论？还剩下我与拉乌尔最后一天的后续要讲给你听。为的是从一开始就列出我的参照系。

那是一座大房子。出租司机将车停在院子里的一辆虽然陈旧但养护良好的豪车旁边。一切都是陈旧的。家具、地板。一切都流露着古老而自信的富贵门庭的气息，无需执着的炫耀。一家人齐聚在书房。书籍都以统一的方式装订，烫金字、黑封皮。一家人也都身着黑色。两位老妇人。她俩目光严厉地看着我们——司机、玛格丽特和我。她们的眼神仿佛在说，我们不该出现在这里。拉乌尔对她们介绍说，我们是他亲密无间的朋友。两个老妇人说，朋友可以留下，但司机应该回去，等在车里。坐在两位老妇人身后的是一对三十多岁、低垂着眼帘的夫妇。他们后面，是一位神情悲伤的少女。座椅都一样，但人们按辈分排列座次。最老的坐在最前排。在这个家族，大约凡事从来都是这样的，恒久不变。如果我想，我本可以当即离场，回去写下这个向缺席者讨教的古老家业的传奇。但我不喜欢那些生拉硬拽才能面世的书。我本可以写下这位姐姐的故事，一直以来充当弟弟的总管和亲信，她弟弟最终死在了她的前面。她一辈子都在协助弟弟打理家业，无心花时间去爱另一个男人或是去欣赏风景。我本可以调查她的贞洁，追踪她的禁欲，窥探她衰老的蛛丝马迹。她从很久以前就选择做老女人：贞操是个比选择它的这个人更古老的人生选择，正如祭司和诅咒一样。我本可以写一本关于那位丧偶的妻子的小说，她没有为丈夫的死哭泣，就像她没有为他们独生子的死而哭泣一样。眼泪对她来说是痛苦最庸俗的表达。丈夫曾是一个冷酷但诚实的商人。他在睡梦中被死神带走。儿子从小体弱多病，不论是婚姻还是财产都没能妥善经营。他心血来潮娶回来的妻子，一个见异思迁的女人，在某个晚上将他们的独生女留给他，永远地离开了家。他在郁郁寡欢与纸醉金迷中死去。一个丈夫和一个儿子，为了对得起记忆中的他们，她必须保持尊严。我本可以写一部关于这两位姑嫂的小说，她们笃信彼岸，并急不可待地想要在那里与她们的男人团聚。她们买了一名男性，让他负责打理遗产。那是寡妇的一个远房表亲，两个老妇人将这个男人和他的年轻妻子一并收留，条件是他要包揽所有家事，但不许提出任何要求。我本可以围绕这些阴郁的存在讲述一个情节尚可的故事，但意义何在呢？我还可以写那位年少的女继承人哀伤的眼睛。她迷茫的目光。她那被落在一个人身上过于庞大的家产和两个老妇人温柔的严酷夹在中间的青春，她丑陋的脸。她属于那种凭直觉就知道夸赞她美貌的男人必然是个骗子的女人。我本可以描写她的哀伤。然而故事该怎样结束呢？我不具备创作大团圆结局的技能。如果无法创作出以一个微笑终结的书，又何必剽窃他人的生活呢？我从没利用过拉乌尔在这晚的通灵会之后向我透露的信息。多年以后，那个少女似乎也永远地离开了家。那位表亲，据说，是个很好的管家。寡妇后来也死了，但那个姐姐还活着。活在她的古墓里，那栋房子给我的就是这种感觉。此时，他们前后分排坐着，连手指都一动不动，活人的姿态一如他们对面墙上挂着遗照的两名死者一样僵直。

拉乌尔走到观众的面前，在照片正下方，坐到了为他专设的椅子上。那里有一只盛满水的水罐，一支躺在碟子里的蜡烛和一盒火柴。拉乌尔点燃了蜡烛。他将一点熔化的蜡油滴在碟子里垫底，再将点燃的蜡烛直立在碟子里，将火柴放进口袋。然后，他转过头，向照片致意，观众跟随着他的目光。他回过头，眼睛潜入水罐里的水中，观众再次跟随他的目光。

最后一个见过水神信使的男人即将向活人传达死人的意愿。安德蕾米兹见过船长。船长一切都好，他说不该是活人为死人的健康担忧，反该是死人为活人的健康担忧。船长的确很担忧。他希望先对自己的妻子说话，劝她不要让儿子去世的悲痛毁掉自己的身体。他们还有一个孙女。应该爱护她，让她为自己的未来作主。然后船长想要对他的姐姐说话。她从没旅行过。她一生都在守护着他、他的生意和他的婚姻。她也始终是他的遗孀最理想的伴侣。当初他们年轻时，他想要像父亲一样成为一名商人，而她的梦想只是乘坐邮轮进行一次海上旅行。船长没有忘记。没人能忘记自己姐姐童年的梦想。这场海上旅行，是时候付诸实现了。为了看看世界。她已经付出太多了。她在天堂的位子上帝已经为她留好了。现在，她要做的只是挑选一名出身卑微但受过教育的年轻姑娘，陪她同行。船长现在要交代家产事宜。他对那位表亲讲话。他从今以后将他视为户主。船长妻子的亲戚也是船长的亲戚。这位表亲不该以为他将扮演他们儿子的角色。没人能替代他们的儿子。尽管他们的儿子已经不在人世。他已经与船长在一起，等待接下来对他们说话。这位表亲应按照船长的方式管理家业，诚信正直。他应该确保长辈生活舒适，妥善安排婶婶的旅行，保证船长的遗孀有足够的零钱给她的教子教女和基金会。他还要照料好自己的妻子。一个男人忽视自己的妻子便是弃之于无聊。谁都不该无聊而死。船长一向都勤于事业，但也从来不忘花时间陪妻子。然而，他却没能有机会这样照料自己的独子。最后，船长要对孙女说话。你的父亲，他爱你的母亲，他也爱你，这是重点。你的母亲生来就注定要四处闯荡，不要怨她。应该学会宽恕。至于那些财产，一切都将是你的。你将来可以任意处置，但绝不要成为一个男人的附属品。船长还想对自己的妻子和姐姐补充几句。不要对小孙女太严厉。时代变了。她应该活在她的时代，而不是我们的时代。这时，轮到儿子了。儿子迟疑着。拉乌尔难以收到信息。他看见安德蕾米兹，但影像模糊。一家人等待着。影像逐渐清晰。拉乌尔看见她了。他听见她的话了。船长的儿子对安德蕾米兹说话，拉乌尔转述。儿子道歉。他尚未获得对活人作指示的权利。他的一生是失败的。为此他请求母亲和姑姑的谅解。他在人生中成功做到了两件事。在他小时候，父亲为他买了一件水手服。他喜欢玩泡沫。一天，父亲发现他在书房的桌子上假装划桨。他解释说，在这个游戏里他是水手，父亲是船长。从这天起，全家人和工人们都称呼他父亲船长。他给自己的父亲取了个名字，这对一个孩子来说是件幸福的事。他的第二个成就，是他的女儿。他请她原谅不能继续陪伴她。他没有可提的建议或忠告，只是希望能与他们的回忆和解。

通灵会持续了一个小时。这个尊贵家族幸存者们的表情依旧让人难以参透。只有女继承人在听到与她相关的口信时露出反应。一缕幽光掠过她的眼睛。散会时，我们走出了书房，留下原地不动陷入冥想中的一家人。之前迎接我们的仆人将一个信封交予拉乌尔，然后关上大门。我们坐上了车。"快开车，我累了。"听到拉乌尔对司机这样说，我才知道他也是终有一死的凡人。就在院门将要在我们身后关闭时，那个少女跑了过来。她站到车前，迫使司机停车。拉乌尔下了车。他们一老一少面对面站着。她喊道：所有这些，都是谎言，是不是？为了听这些谎言，她们付给您多少钱？您觉得胡说八道，借死人之口撒谎，这样好吗？拉乌尔答道，他没有胡说八道。"不，小姐，我不是胡说八道。如果您不想让我再来，我不来

147

就是。"这个面容丑陋的女孩突然害怕了。她哭了起来。"不。回来吧。我在这儿要憋死了。回来吧。对，您没有胡说八道。我知道这些都是杜撰的，但她们相信。所以，回来吧。救救我。我在这儿要憋死了。"拉乌尔回到车上。女孩兀自向别墅走去。然后，她忽然回转身，打开了车门，用她灵活但纤瘦的身体上那双小手捧起拉乌尔的猩猩手，她向他俯身，亲吻了他的两颊，然后说道："谢谢，祖父。"

所有这一切都已远去。我此后没再见过拉乌尔。我们将玛格丽特送到雷奥甘纳门。拉乌尔给了司机他的一份,作为对他信息收集工作的酬谢。剩下的钱,他都给了玛格丽特。"为了历史学家。"只是这句。又说了一遍。玛格丽特回到了她的店铺。拉乌尔让司机等着,我俩在大路上走了一会儿。他给我讲了他如何邂逅了那位溺死的女孩,如何渴望将她救起,他的手如何失败,水如何胜利了。阿尔米拉夫人。唾液。一位悲痛的母亲以天才的创造力将自己的孩子留在世上。第一个谎言。以及,随后的那些,尽管不完全出于他自愿。他这一生爱过很多女人。她们也报之以桃李。他曾与很多女人做爱。她们的身体是愉悦的,他的也是。但令他刻骨铭心的,还是那个返乡向母亲宣布自己幸福的农村姑娘。这一个是永恒的。那么,谎言又算什么?尤其是,如果那些人完全付得起这个钱。如果逝者从人生中学到了一些东西这个疯狂的想法可以为一个少女的生活带来些许欢乐的话。

我们回到了车上。我已记不得那个夜晚的颜色了。我羡慕那些能够用颜色描写时辰、瞬间的人。我记得拉乌尔让司机开车到我家,他们不顾我一再邀请,没有下车。我记得自己一到家就立刻投入工作,为我当时撰写的小说创作新的一章。但我还记得自己十分笃定,拉乌尔的文学,尽管只停留在口头,却比我的要好上一千倍。

天亮了。两个小时以后,组委会的一名成员将在酒店大堂发出离去的号令。他将会讲几个老生常谈的笑话;在所有账单都已确认付清、所有人都到齐以后,第一组将启程出发。我们不会乘坐同一辆巴士。我们的方向相反,时间也不同。我在第二组。我将从房间的窗口看着你离去。这不是真的。从我房间的窗口只能看到对面大楼的屋顶。我将想象你离去的样子。我会为你虚构出一些动作。也许是个微笑。也许你会在大巴里,又或者在随后的飞机上,开始阅读这些文稿。也许你会在一两个星期中将它忘在一边,先找回你的生活、你的习惯、你所爱的人。旅行之后,人们常常需要时间将自己重新安置在自己的世界。你将度过这段时光。然后在某个晚上,当你拥有属于自己的时间,你将会记起被人放在门前的这件东西。一部没有作者名字的假书。或者是一部真书。自从见到你——或许这些想法早就潜藏在我心里了——我发展出一些怪诞的文学理念。文学在我生活中重新掌权的同时也变得更加平凡。我对自己说,我们,每个人,都应该为每次邂逅写一本书,再将它放在一把长凳上,一扇窗子下,一个其书写对象钟爱的地方。而每个书写对象都有将写给他的书借给别人的自由,甚至可以将书赠给一位比自己更可能被寓言和词句的旋律触动的人。每个人都可以对一位熟人或陌生人说，有人为我写了这个，但我觉得这本书更适合您。书写对象也可以任意修改书的内容，补上自己的某个怀疑或添加一缕光芒。我们都将是在世上循环流通的交叉写作的合著者。一个男人走在街上。一本书从一扇窗口掉落。男人翻开书，边读边走。书中涌出一弯彩虹。男人在第一个公共广场上驻足，坐在一条长凳上继续阅读。彩虹越变越大。一个女人坐在另一条长凳上，看着一个小女孩玩耍。男人觉得彩虹很适合小女孩。因为她的丝带。他掏出圆珠笔，加入了几页关于一个小女孩在广场上玩耍的文字。他呼唤她，向她递出了书。小女孩赶忙向母亲展示自己的礼物。"看哪，妈妈，那边那个先生，送给我一弯彩虹。"晚上，为了帮女儿做个美梦，母亲给她读了这本书。小女孩提议为彩虹添上一种颜色，好让自己的老师高兴。"老师常对我们说，我们写的东西还不错，但总是缺了点儿什么。"母亲找来了几支铅笔，母女二人添上了一点儿东西：一种颜色。小女孩很满意。第二天一早，她将书送给了老师。老师的确觉得这本书缺了点儿什么。但不是一种颜色。对了，缺的是彩虹饮水的小河。于是，她加上了几页故事：彩虹向小河弯下腰，却弄掉了自己的帽子。她还添上了几个音符，这是为了她在乐队里拉小提琴的男友。如此继续。让我惊讶的是外国人竟然没有造访过世界的这个角落，在这里书籍从窗口掉落，或被创造彩虹的人留在公共广场的长凳上,给小女孩看。他应该知道这个故事。这样的世界应该存在。只是他没来得及讲给我们听。然而,我说的都是胡话。书都是署了名的。当一本书来源不明时,人们会根据日期和相似性的标准将书自动划归到某个写有其他著作的作者名下。而且,还会有一些人,出于各种原因,没人愿意给他们写东西。如此,他们便被排除在通信关系之外。有时我想,"公正"这个词只有一个同义词——"相互"。很可能这就是为什么我曾欣赏工会成员之间的团结,回避那些标准因人而异的关系:有人渴望共度一生,有人只愿分享一刻,有人想要拥抱,有人则只寻求对话。这也是为什么我不对你提起我的那些小故事,不谈论什么生活经验。我没有双向的对话者。在看到你的一刻,这首有点傻乎乎的歌猛然唤醒了我这些邂逅的记忆,那是我唯一可以从中攫取某种意义、一个理念,甚至一个寓意的邂逅。他们的人生,就是我的认知。关于梦想的胜利。还有它的失败。爱,难道不是梦想的持续胜利吗?也是它的持续失败。我曾忘记内心需要一个根基,一个在永恒中定居的开端;忘记需要对这个问题的一个回答:你处于什么状态?——我处于想要向你靠近的状态。在这颤抖之中。明天,不改变状态,我将回到我的生活,我是说我的日常。或许,为了与以往有所不同,我会去看望玛格丽特。在此之前,我会先去膳宿公寓原址所在的那条街转一圈。我会努力让自己对那些新建的大楼视而不见,让自己在公寓前驻足，按响门铃，在院子里坐上一会儿，看着雄蜜莓树的树叶飘落。历史学家将走出房间，我们将聊起往事。随后，拉乌尔将走下出租车，前来与我们同坐。我们将等待外国人。而当他出现，大衣一穿过院门，世界将在他的眼中呈现。接着，拉乌尔将向我问起工会生活的近况，我将回答说我的那些同事还是太过胆小，好职位不够多，所以他们之间像展开了一场争夺战，很难说服我的同事们采取协同一致的行动。而"长辈们"，在长久迟疑之后，终于问我道：那女孩子呢，这一切跟女孩子有什么关系？还有我们听到彻夜敲响的打字机呢？于是，我会对他们说，也许是有一个女孩。我没见过她几次，我们有个约定。我不会向他们描绘你的样子。我从来都不会描绘人。但他们还是想要个形象。外国人会觉得你与塔玛尔和梅赛德斯有几分相似。拉乌尔一言不发。历史学家会稍显伤感，因为"那个女人"在变成她自己之前也曾与塔玛尔、梅赛德斯，与那些王后，与所有可以想象的最美的人有几分相似。历史学家将会为我担忧，因为他了解时常窥伺美好爱情故事的惨淡未来。然而，他也会为我开心。夜间，可能当他们都已睡下，我才会再次想起诗歌。我是多么愚蠢！他们不过是希望听我讲一个故事。而我却没能给予他们任何东西。既没有一段可即时消费的游记，也没有可以延时破解的谜。既无显而易见，也无神秘莫测。贫乏。空洞。而我写给你的词句都是他们给予的。所有这些组成一幅大型画作的碎片，其中的图案只是佯装变化。一位被人将几个作品划于名下又可能被人窃去几件作品的伟大"作者"曾说过，爱是唯一的。"长辈们"在这个宏大的故事中扮演了各自的角色，而一个星期以来我一直在寻找自己在这个故事中的位置。

明天，我会到膳宿公寓去。如果那些操着外语决定这个城市未来的专家居住的大楼将公寓的回忆碾碎，或许我还能看到外国人向确保这些专家平静生活的保安们讲述他的一千趟旅行。孩子们不会拉扯他的大衣尾巴。而那些保安将知道，这个男人比关在空调办公室里的那些专家见过更多的光与影。我将等待夜晚时分聆听从一座座小屋中升起的歌声。如果汽车的喧嚣盖过吟唱，我将下行到穷困之中，靠近倾听。我将迷失在这些我猜今天会变得更激昂、更汹涌的歌声中。仔细听时，我最终会听到一个苍老的嗓音哼唱着一首往昔的歌。"蓝色，蓝色……"然后，我信步游走到雷奥甘纳门。无所谓那条路，只要通往城南的就可以，就像二十年前的雅克和鲍勃一样。在途中，我将是雅克，关注各种生活形态、过路人和嘈杂声。我将在哪怕只是一小滴泪珠前停下脚步，寻找缘由，作出决定。我将是鲍勃，只知道久远的真实。我将对雅克提起过去和你。而雅克将对我述说当前和梦。未来，永远都不止是个梦。我们将最终到达那家以我们命名的小餐吧。而玛格丽特将高兴地迎接我们。她将向雅克张开少女的臂膀，为见到他而开心，并感谢他将鲍勃也带了来。我们三个人将一同出门。她将担任我们的向导，带我们游览整个街区。我们将在"情侣"酒吧喝上一杯。"情侣"会想要给我们看手相。她们将会向我们宣布即将到来的幸福。接着，我们将去听街头音乐家演奏。我将是雅克，向他们点一首歌唱斗争与人类共同利益的歌曲。我将是鲍勃，向他们点一首老式的情歌。我还将与他们一同歌唱。然后，我将只是我自己。我会将他们留给玛格丽特。她很久都没有见过他了。她很久以来都在等待他们。他们会帮她关店。雅克将先行离开。这晚，他不是为他自己而来，他是为鲍勃而来。他体内有几分拉乌尔。鲍勃将跟随玛格丽特到她的住所。鲍勃，他的运气一直不太好。这将是他的夜晚。而我将上行回到我自己。我将试着写点什么。但我知道我连一行字也写不出来。我将整晚等待。第二天。第三天。我将等待，等待你落笔。写下几个词。告诉我你不明白放在你门口的那个奇怪的故事背后有什么含义。也可能你什么也不写。在这个圈子，人们定下约定，然后遗忘。人们靠词语过活，终于这些词语已经失去了所指对象。它们飘浮着。我们会再见的。我们一定会再见的。人们甚至忘记说过这话。于是人们并不再见。三年后，人们在另一座城市再次邂逅时，会隐约记起曾在某地相识。人们会叫错名字，有口无心地重复着三年前的话：我们会再见的。人们不喜欢离别的时候想到他们从此不再相见。

我不知道是否会再见到你。但我不愿未尝试建立某种联系便与你分别。我会等待。如果你不给我写信，或许有一天我会停止等待。这很正常。或许我甚至会让自己将你遗忘。

我只知道在接下来的几天我会做什么，我将是谁。拉乌尔和水的女信使。外国人。历史学家。他们所有人。我将是他们爱情故事的最后幸存者。某种记录内心旅程的代笔先生。我不傻。我仍处在写歪诗的年纪，而且女孩子本也各不相同。但我同时也已经老了，我似等非等。我亟须与对方相互探索，并不责备这种可能被你的沉默所击溃的青春冲动。我记得自己至少在第一次曾被击溃过。对我来说，最痛苦的是，我对这一段已经几乎忘得一干二净了。以至于，没能将这缺憾转换成语言。第二次，我将做好准备。你不作回应又如何。如果你忙于杂事——没时间难道不是最为正当的理由？——你忽视我、遗忘我又如何。比起第一次，我将感到不那么空虚。实际上，更为空虚。但最重要的是不隐藏。我将无法假装从未遇见过你。很快，时间将失去所有意义。或者你将存在于我的生活，我将幸福得不再去思考时间这样平庸的事物。或者你将变得遥远，而时间将停滞，被距离封阻。但我将可以无怨无悔地潜入我的涂涂改改。因为我趁尚未遗忘以前，说出了爱。